LEGIONES DE ATIA
II
LA VENGANZA DE LOS CUERVOS DE ACERO

HEDALIAS RÍOS

DEDICATORIA

"Cuando la injusticia esté por encima de la moral, la lealtad será la última caballería"

Este libro está dedicado a aquellos que conocen y predican la lealtad.

CONTENIDO

I
REINA LA PAZ EN ATIA

En Terra, día con día los guerreros que habían cumplido sus misiones regresaban y se enteraban de lo sucedido en Kraznang. El rumor se esparcía por cada punto cardinal en ATIA, sabían que un prodigioso Terrano llegó hasta el Insurrecto y lo destruyó. Todos sabían de quién se trataba; aquel neófito cuyas pruebas habían dejado a todos impresionados, pero eso no sería suficiente pues los rumores de dicha confrontación ya comenzaban a ser historias que harían leyenda. Ante tales relatos, el abuelo de Ramsus decidió enviar un mensaje a Alia, maestra Anjana que estaba a cargo del bienestar de los guerreros y mensajera de los cuatro reinos.

El mensaje era una invitación al Reino de Terra por parte del anciano y del Rey; celebrarían un festival en honor de aquellos héroes que lucharon incansablemente contra el Insurrecto que alguna vez amenazó ATIA, por los valientes caídos y por quienes regresaban a salvo a sus hogares. El mensaje de Alia decía claramente que muchos de los héroes que participaron en esa cruenta lucha ya habían partido a sus hogares con excepción a las Aerianas quienes estaban dispuestas a celebrar con ellos, pero sería dentro de algún tiempo porque estaban todavía muy distantes, por lo que esperarían su llegada y celebrarían su victoria gustosamente, así ella daría aviso para cuando estarían cerca y ser recibidas junto con su heroico cadete.

El tiempo transcurría lentamente para el Gran Guardián Terrano. Estaba expectante por ver llegar a su nieto sano y salvo y también a sus acompañantes. El anciano estaba contento y satisfecho por todo lo que había ocurrido y de saber que también los amigos de su nieto habían llegado días antes sanos y salvos después de haber cumplido sus tareas, cada quien con una aventura qué contar; en cada momento libre del anciano, Artanus, Tremis y Kralún le contaron lo sucedido en su primer misión como templarios. Después de unos días seguían esperando a Ramsus para que el narrara cada detalle de su tarea la cual se convirtió en una de las más peligrosas y gloriosas misiones poco contadas por los valientes, aquella participación de un héroe legendario que dio fin a la maldad que por años habían sufrido, las historias emocionantes sobre él y su valentía así como también a los que lo acompañaron. Entre todos los conocidos nadie aguardaba a Ramsus tan ansiosamente cómo Tremis, pensaba a cada momento cómo recibirlo, pero sólo soñaba despierta. Artanus conversaba con ella para que no se descontrolara y se concentrara en sus asuntos, pero cada día era eterno para todos, sólo quedaba continuar con su vida y esperar a que llegara de su viaje.

Las movilizaciones masivas para proteger otros reinos había acabado, por ahora ATIA permanecía jubilosa, festivales y abundancia por todos lados, los tiempos cambiaron drásticamente, el Redentor sonreía a toda su creación.

II
MISIÓN EN LAS FRONTERAS DE TERRA

Un día, en Terra, los tres inseparables amigos fueron convocados para una misión especial y discreta, Tremis, Artanus y Kralún se reunieron para hablar al respecto.

–El Gran Guardián me dio el pergamino de esa misión, debemos prepararnos.

– ¿Hacia dónde iremos Tremis? –Preguntó Artanus.

– ¿A quién enfrentaremos? –Cuestionó Kralún.

–No hay algo específico, pero es una misión en la amurallada "el impulsor económico de la grandeza de los reinos", es todo lo que dice, debemos preparar nuestras pertenencias y dirigirnos hacia las puertas del palacio Terrano donde nos esperan.

Los dos amigos ante Tremis se miraron uno al otro, no había un enemigo mencionado, con la misión encomendada, al paso de unos minutos los tres guerreros se prepararon para partir. Antes de salir de las puertas del templo, Artanus sintió una mirada que lo hizo voltear hacia el lugar de origen, al dar media vuelta miró a un joven Paladín, de estatura media, tez blanca, ojos claros y cabello rojizo, al ver de quien se trataba, prefirió ignorarlo y siguió adelante, pero antes de haber dado tres pasos escuchó una serie de palabras: "sabía que eras un estúpido cobarde". El insultante vocablo salió de ese soldado, al escucharlo, Artanus volteó enfurecido, lo miró de forma intimidante y se retiró con sus amigos, pero antes de salir de ahí, ese sujeto continuó con sus insultos.

–Sabía que no tenías el valor.

– ¿De qué está hablando ese soldado, grandote? –Preguntó Kralún.

–Sólo sé que es un imbécil.

–Abrir los ojos a la luz es sólo el comienzo, pero negarla después de haberla recibido es peor que no haberla aceptado en su momento, eres un cobarde y eso te llevará al fracaso, morirás junto con todos por nada.

– ¡Blasfemo! –Respondió Artanus.

Embravecido, Artanus caminó hacia el joven guerrero, lo levantó y lo arrojó al suelo; el soldado tenía el mismo físico que su amigo Ramsus por lo que en comparación con Artanus hubiera sido muy fácil lanzarlo unos metros. Al escuchar el golpe, los cadetes de los alrededores voltearon hacia el lugar del conflicto y al ver lo ocurrido de inmediato trataron de interferir.

–Tranquilo Artanus, ¿Qué estás haciendo? –Dijo Tremis tomando el brazo derecho de Artanus.

En ese momento, el joven se levantó e intentó sacar sus armas, dos floretes enfundados. Antes de desenfundar, los cadetes y guarda-templos le advirtieron:

– ¡Gálamoth detente! Jamás se desenfundan los aceros en contra un hermano templario y menos uno de tu temple ¡Arresten a ese cadete! –Clamó un guarda-templo.

Ese joven, Gálamoth, como así se hacía llamar, solo sonrió y se retiró con tres soldados escoltándole, su agresión tendría consecuencias por la gravedad que representaba ese acto en contra de un hermano.

–Me enteré que tienes una tarea prioritaria, dejaré pasar por este momento lo que tú hiciste debido a qué Gálamoth inició el conflicto con sus blasfemias, pero recuerda, jamás agredas a un hermano, cualquier cosa notifícalo a un maestro ¿Escuchaste? –Dijo el Guarda-templo interior mientras se retiraba a su sitial mientras que Artanus veía cómo se llevaban al misterioso joven.

Ante lo ocurrido, todo volvió a la normalidad, los tres amigos se retiraron del lugar para así continuar con lo que debían hacer.

–Ese sujeto se volvió loco si pensaba enfrentarse a ti "Artonto" –dijo Kralún con una sonrisa y la mirada fría.

– ¿Por qué Gálamoth te dijo eso Artanus?

–No estoy de humor ahora Tremis.

– ¿Conoces a este sujeto, Tremis? –Preguntó Kralún.

–Su nombre es Gálamoth no sé qué, es el más odiado por todos los estudiantes del templo, nadie sabe su historia, solo sé algo de él.

– ¿Qué es lo que sabes Tremis?

–No quiero decirlo Kralún.

–Gálamoth declaró su amor a Tremis hace tiempo –respondió repentinamente Artanus–.

Tremis volteó apenada hacia donde estaba él.

– ¿Cómo supiste eso? –Dijo Tremis sorprendida y avergonzada.

–Todos lo supimos en el templo, con excepción de Kralún porque él vive en los libros.

–En mi vida lo había notado, a decir verdad es la primera vez que lo veo –afirmó Kralún.

–Él no habla con nadie. Dorén, mi compañera de entrenamiento, convivió con él durante algún tiempo, decía que Gálamoth le daba miedo porque insinuaba cosas horribles sobre todos los soldados de Terra, en especial de Ramsus y de ustedes porque los envidia. Hace poco dijo que en un futuro moriríamos "entre tinieblas" ante las ordenes de los "tiranos", entonces ella le dejó de hablar y lo acusó con los maestros, desde entonces se esconde de todos y nadie le dirige la palabra, ni siquiera para darle un consejo o ayuda, eso es algo triste –confesó Tremis con la mirada baja.

– ¡Triste! Ese sujeto tiene bien ganado lo que le ha ocurrido –dijo Kralún.

–En un tiempo lo amisté, es un joven extraño y a veces radical, pero en muchas cosas de las que decía tenía razón.

–Cosas… ¿Sobre qué Artanus? –Preguntó Tremis.

–En este momento lo he olvidado, sólo puedo decir que no llegará muy lejos –dijo Artanus.

–Es cierto, él es muy impaciente, no es capaz de resistir una batalla simulada, termina siempre perdiendo el control –sentenció Tremis.

–Reconozco tener un temperamento fuerte, pero no mente débil, puedo controlarme y disfrutar mejor el combate –concluyó Artanus confiado.

Mientras platicaban, los tres jóvenes guerreros caminaban en la ciudadela de Terra, dirigiéndose al imponente castillo donde comenzarían su misión. Al llegar fueron bien recibidos por el grupo de soldados que les acompañaría en su misión.

Los tres guerreros de élite fueron llevados a una sala secreta donde se reunían los líderes para hacer sus planes y estrategias, ahí los esperaba el Rey de Terra.

–Bienvenidos jóvenes Paladines –saludó el Rey–. Los jóvenes dieron el saludo de su orden en muestra de respeto: –jóvenes guerreros, creo que el anciano Guardián ya les dijo la razón del porqué los convoqué.

–Sabemos sólo lo del viaje mi señor –dijo Tremis.

–Tomen asiento nobles cadetes.

Los tres guerreros de élite se levantaron y apoyaron sus armas en los respaldos de sus asientos y se sentaron para esperar lo que el Rey estaba por decirles.

–He escuchado todo acerca de las travesías que el nieto del Gran Guardián ha hecho, me siento orgulloso saber que un templario Terrano logró lo que nadie y más un conocido suyo, debo decir que no solo Terra sino toda ATIA esta bendecida por tan valiente hazaña, sin embargo, aún vivimos tiempos difíciles, el reino de Rásagarth está buscando a unos fugitivos que se hicieron pasar por nobles comerciantes y campesinos, ustedes deben de saber algo, en mi nación poseo y administro en conjunto con el Rey Rásagardiano la imponente , para esto invité al señor y Duque Giuseppe Vigod, nuestro más importante economista quien se encarga de que todo esto funcione.

En ese momento un hombre de edad avanzada apareció de una de las puertas y con dificultad comenzó a inclinarse, mientras lo intentaba, el Rey no decía una sola palabra, Tremis se levantó de su asiento para ayudarle pero el Rey le ordenó que no lo hiciera con tan sólo un intimidante gesto por lo que ella se sentó y contempló con indignación como ese pobre hombre después de inclinarse se levantó difícilmente para así tomar asiento.

–Giuseppe, explica a nuestros invitados a dónde deberán ir.

–Así será su majestad… cadetes Terranos, vengo de tierras pertenecientes a las fronteras de Terra quienes comparten los territorios con Rásagarth hacia el noreste, entre una serie de verdes montes existe una impenetrable ciudad amurallada la cual se desarrolla a gran escala el poder de la infinita abundancia, en ese lugar habitan miles de campesinos, pescadores y mineros que todo el año trabajan incansablemente para producir alimento y traerlo a los reinos para que todos disfrutemos y vivamos de esta abundancia, sólo miren a su alrededor, en Terra no hay hambre, no hay sufrimiento porque hay abundancia y así ha sido desde los primeros días de su fundación, nos hemos dado a la incansable lucha de hacer llegar todo tipo de alimento y agua para que no haya sufrimiento en cada ciudadano o ciudadana, sin embargo, ocurrió algo inesperado y desafortunado para todos, hasta hace días el hambre comienza a notarse en nuestros pueblos y el epicentro del problema radica allá, hace unos meses, un numeroso grupo de personas desahuciadas en tierras lejanas llegó a la ciudad buscando la oportunidad de trabajar ahí y prosperar, nosotros jamás negamos esa ayuda pues sus intenciones favorecen a todos, al principio se les ubicó en un asentamiento donde no les faltaría la comida ni el agua, comenzaron a trabajar y a instalarse en cada actividad en las que eran requeridos, pero con el paso de los días, comenzamos a notar que la productividad había decrecido, muchas cosechas se perdieron por descuido, la organización se colapsó, comenzó a imperar el caos, nos dimos cuenta que entre los obreros y guardias feudales se corrompieron y están haciendo negociaciones ilícitas dentro de la ciudad por lo que toda la producción de comida no sale hacia los reinos, ante la falta de producto los precios subirán, el equilibrio económico se verá dañado, a este paso no habrá alimento y estos problemas empeorarán, hemos enviado soldados para mantener el orden pero tememos estar presentes ante los inicios de una insurgencia.

–Rásagarth desea evacuar a los buenos trabajadores y asediar la ciudad, los insumisos al Redentor tienen herramientas que pueden usar para defenderse y recursos para jamás rendirse pero carecen de armas, para todos nosotros son una amenaza por lo que ellos pretenden acabarlos o rendirlos.

–No siempre es necesario el uso de la fuerza mi señor.

–Es por eso que los he convocado a ustedes señorita, hay un sujeto el cual le apodan el "líder mercader" ese ruin, cobarde y corrupto hombre es el principal agitador y debe ser exterminado junto a su grupo de sucios rebeldes.

–Sugiere una misión para infiltrarnos y capturarlo –comentó Artanus.

–No capturarlo, ¡Eliminarlo! Debe hacerse frente a todos lo que son influenciados por él, sé que es algo radical pero debe hacerse de esta forma, quitar una vida para salvar la de cientos o miles que pueden ser infectadas.

–Ya veo… –musitó Kralún.

–Esta tarea es necesariamente obligatoria, necesitamos a los mejores, lo menos que deseamos es un conflicto en nuestro pueblo, díganme que estoy en lo correcto.

–Lo está su majestad, no podemos permitir que gente corrupta esté apropiándose de algo tan sagrado como el alimento de todos los pueblos –comentó Artanus.

–En especial de Terra, el Gran Guardián me dijo que ustedes son nuevos para esto pero que son los elementos de mejor confianza en la orden, partirán inmediatamente, ese sujeto buscará negociar pero es claro que no será de esa forma pues esa propiedad de la que se ha apoderado pertenece a ATIA.

–Sugiere que lleguemos, lo convoquemos, lo arrestemos y lo traigamos ante la presencia de la corte –agregó Kralún.

–Sugiero que lleguen, lo convoquen a él y a todos esos parásitos, una vez reunidos asesínenlo frente a todos los que estén ahí, una ves eliminado nadie se enfrentará a ustedes por ser parte de una legión poderosa y temible.

–Su majestad, asesinar no es parte de las funciones de un templario –comentó Tremis.

– ¿Estás cuestionando mi decisión joven cadete al servicio de Terra? –Cuestionó en tono amenazante.

–No… señor…

–Sólo háganlo o dejen que lo haga uno de mis fieles caballeros…

–Cabe mencionar que ese líder mercante es muy persuasivo, tratará de convencerlos, así trabaja ese hombre, incita a todo el pueblo a la rebelión, anteriormente se le había arrestado a su predecesor pero fue evidente que solo hicimos el problema más grande, esa gente es muy valiosa para nosotros pero tanta flexibilidad los ha endurecido, debemos actuar con el uso de la fuerza para recuperar el control y así vernos obligados a arrebatar una vida para salvar a la de miles de una masacre Rásagardiana.–agregó el Duque.

–Terra no puede tolerar esto, haremos lo que esté a nuestro alcance su majestad.

–Confío en lo que pueden llegar a hacer señorita, sólo les sugiero que esto resulte como yo lo ordeno.

–Así será su majestad.

–Si no resulta, Rásagarth actuará y no deseo que inicie una tragedia jóvenes, es cruel mi decisión pero los Rásagardianos deben ver que Terra tiene todo controlado.

–Debe resultar –comentó Kralún.

–Hay algo más que debo mencionar, el señor Giuseppe es un hombre muy adinerado y amado por su pueblo, hace años se propuso una meta, ayudar a la gente antes de partir de este mundo. Durante estos años ha ayudado a los refugiados a establecerse y a vivir en familia en sus tierras, él es parte importante en esto y encarará al perverso mercante, deben protegerlo y si todo sale como lo pedí me aseguraré de que él y yo los recompensemos por esto.

–Majestad, ¿Qué hay de Rásagarth? ¿Han advertido con actuar en lo que propusieron hacer? –Por ahora no hay de qué alarmarse joven Artanus, el mensaje que recibimos significa que están esperando el nuestro, tenemos algo de tiempo.

–Vayamos entonces –inquirió Artanus al Rey.

–Partirán ahora mismo, para el atardecer habrán llegado y concluido su misión.

–Si somos atacados por algún enemigo, ¿Podremos defendernos como somos nosotros o como pacifistas? Porque la verdad no entiendo mucho esa palabra –cuestionó Artanus.

–Buena pregunta, si los atacan significa que están en contra del temple, acábenlos y asegúrense que sea a la vista de todos, como lo digo, es cruel pero es necesario, después restableceremos la paz que siempre existió ahí, los convoqué a ustedes por ser los más allegados al héroe Terrano Ramsus, demuéstrenme que son igual o más grandes que él y tendrán todas mis bendiciones para glorificarlos.

–Puede contar con nosotros –dijo Tremis.

–Así es, majestad, podremos con cualquiera que se atreva a desafiar su autoridad –afirmó Artanus –Puede confiar en nosotros y en nuestras armas, ninguna amenaza se interpondrá en nuestro camino –finalizó Kralún.

–Usted sí que da miedo joven Terrano –concluyó el Rey al ver el rostro inexpresivo de Kralún.

El rostro del Rey expresaba una desafiante alegría al ver a los tres jóvenes alentados y listos para proteger su reino; ellos estaban incluso preparados para morir si era necesario pues se trataba de una encomienda muy importante para Terra.

III
LA CIUDAD DE LA ABUNDANCIA

Una caravana conformada por cincuenta soldados a caballo y una carroza real salieron de las puertas de la fortificada ciudadela del reino de Terra. Dentro de la carroza estaban el señor Vigod y sus tres protectores Terranos. Artanus asomaba la cabeza por la ventanilla, mostraba alegría, mientras Tremis lo miraba y se reía de él; Kralún prefirió dormir durante el camino. El viejo los observaba y sonreía.

–Son sólo niños, actúan cómo niños –decía el duque en voz baja–. Veo que casi no salen de su reino.

–Por ahora, sin los guías no llegamos muy lejos señor, por lo menos no hasta que tengamos más tiempo de experiencia para viajar –explicó Tremis.

–Ya veo, ahora con más claridad. No desconfío de ustedes, sólo creo que son muy jóvenes para manejar esas armas tan grandes, con excepción del joven que está en la ventana, se ve muy fuerte, me impresiona que les hayan asignado esas armas.

–De hecho nosotros las elegimos –respondió Tremis.

–En mi vida nunca había visto algo así.

El duque comenzó a reír: –puedo notar un gran lazo de amistad, muy fuerte por cierto.

–Nos criamos juntos, desde niños señor Vigod.

–Asombroso, afuera se habla poco sobre su templo o de ustedes, hasta hace poco escuché sobre el nieto del Gran Guardián, jamás había escuchado hablar algo semejante, no a esa escala, vaya campeón.

–En cuanto a la preparación se dice muy poco por discreción y secrecía, al igual que usted nosotros sabemos muy poco de afuera pero en cambio, los logros y las victorias si son colectivamente difundidas.

Mientras Tremis conversaba con el señor Vigod, Artanus no prestaba atención pues el disfrutaba del viaje asomándose por la ventanilla; en ese momento entró rápidamente e interrumpió.

–Se hizo de noche y se pueden ver las luces de los árboles.

Los tres jóvenes y su acompañante se asomaron para ver hacia los árboles.

–Aún no tengo ni la más remota idea de por qué brillan, ya me habían contado lo que son, pero no lo puedo creer todavía –señaló Artanus.

– ¿Qué no han salido antes? –Preguntó el duque.

–Así es, pero nunca habíamos salido de noche, ni siquiera de regreso, sólo de día –confirmó Tremis.

–Entonces es verdad, los bosques de Terra están llenos de hadas. Nos han dicho millones de veces lo que son y cómo son, pero nunca hemos visto una de cerca –se quejó Kralún.

–Les enseñaré –comentó el señor Vigod.

En ese momento asomó el rostro hacia afuera y extendió su brazo para alcanzar a cortar la hoja de un árbol, entró y comenzó a buscar entre sus pertenencias; de un bolso que se ubicaba bajo su asiento sacó un frasco, lo destapó y dejó salir un dulce aroma, después encendió una pequeña vela y la empezó a mover sutilmente, cómo una de las luces de los árboles. Los tres jóvenes se quedaron quietos en sus lugares, sin mover un sólo dedo, esperando ver lo que el anciano les iba a mostrar.

–En este frasco llevo una deliciosa miel, voy a embarrar un poco en esta hoja, será el premio del hada que se acerque, la vela es para darle señales, cómo si fuera otra hada; estas criaturas son muy curiosas pero temerosas, es raro verlas en el lugar de donde vengo, sólo en la profundidad de los bosques se les pueden encontrar, pero es peligroso para nosotros. Sin embargo, aquí abundan, estas tierras son tan pacíficas que se pueden encontrar en cualquier lugar y no creo que teman a los viajeros pues esta es una ruta mercante y parece ser que estos las respetan –explicó.

El duque seguía haciendo señales con la vela esperando que un hada se acercara. En cuanto Artanus mostró un gesto de incredulidad, una pequeña luz se acercó hasta donde estaban.

–Pequeña, acércate, no te haremos daño –invitó el duque–. Aunque aparentemente ingenuas, estas criaturas son muy susceptibles y en este momento saben que no les haremos daño.

Abrió la palma de su mano y la pequeña hada del tamaño de un dedo índice se sentó sutilmente; los tres jóvenes estaban fascinados.

–Es cómo una persona, pero pequeña, con alas y además genera luminiscencia, increíble –señaló Tremis.

–Esta hada es muy joven aún –dijo el duque.

– ¿Puede posarse en mi mano? –Preguntó Tremis.

–Claro, sólo alza tu mano de tal forma que ella esté cómoda.

Tremis abrió su mano y la pequeña hada voló hacia ella, se sentó y comenzó a aletear.

–Sus alas sueltan un brillo.

–Ese brillo es la manifestación de su energía, uno de los misterios más hermosos de esta especie, en mi tierra la llamamos "magia de la felicidad" se dice que estas pequeñas criaturas son las guardianas de los bosques, ellas lo cuidan y lo mantienen hermoso, pero no lo hacen solas pues como toda colmena o civilización, tienen a su Reina.

–En el templo nos comentaron sobre la fauna mística, las hadas son parte del tema, las leyendas cuentan sobre la existencia de sus Reinas cuyo tamaño es de un ser humano promedio.

–Así es. Hay historias de viajeros que las han visto, la gente los ha creído locos, pero yo sí lo creo, sólo miren afuera, cómo abundan, cómo si un bosque fuera una ciudad; hay escépticos quienes no creen que podrían tener una civilización bien organizada, de tantas especies existentes y clasificadas pudiera haber alguna allá afuera que aún no haya sido catalogada, cuando el ejemplo está en nosotros y en muchas especies de este mundo –dijo el duque y miró hacia afuera–. Creo que ya nos alejamos bastante, no queremos llevárnosla, sus hermanas se pondrían tristes.

Tremis asomó la mano hacia la ventana: –gusto en conocerte pequeña –se despidió.

–Casi lo olvido –señaló Giuseppe –.En ese momento le dio la hoja con miel a la pequeña hada como premio a su valor por acercarse. El hada se despidió con una reverencia en muestra de agradecimiento y se fue volando sutilmente hasta donde estaban sus millares de hermanas–. Es increíble que este mundo posee lugares y criaturas tan maravillosas y hay gente que lo quiere destruir por cumplir sus ambiciones –comentó Tremis.

–Bueno, ATIA es un misterio para todos, no hay respuesta absoluta que contraponga la verdad de que este es un mundo creado por el Redentor, este mundo es libre, criaturas, plantas y nosotros, pero debe haber control sino todo esto desaparecerá, es por eso que están ustedes aquí, "guardianes de la paz", así los llamamos allá en mis tierras; por eso gustosamente me presté a la ayuda –concluyó el duque mirando hacia los iluminados bosques de Terra.

La caravana avanzaba lenta y silenciosamente, no porque tuviera algo que ocultar, sino porque no querían perturbar la paz de esos bosques plagados de hadas y demás criaturas habitantes de los árboles, pero a lo lejos, estaban siendo observados por alguien desde la oscuridad; de esta, se destacaban siluetas humanas que vigilaban los movimientos de los viajeros.

–Ahí adelante, llevan una carroza real –dijo una voz desde la oscuridad.

– ¿Pero hacia dónde van? –Preguntó otra entre las sombras de los árboles.

–Llama al General, creo saber hacia dónde –dijo la voz, al parecer de un ser humano.

Desde las sombras emergió la silueta de un hombre alto con armadura plateada, no había duda, eran soldados del reino de Rásagarth.

–General, ese grupo va hacia la –comentó un soldado de Rásagarth.

–Traigan los caballos, vamos a seguirlos para ver cuáles son sus intenciones, lo más probable es que vayan a desalojarlos, recuerden, no comiencen un ataque hasta que yo lo ordene, debemos tenerlos a todos rodeados, ese maldito mercante corrupto debe morir ya sea en las manos de esos Terranos o en las nuestras –advirtió el General.

–No discuto la voluntad de la familia real, pero ¿Por qué el hijo de nuestro señor preferiría asediar la ciudad? –Preguntó un soldado que estaba al lado del General.

–Nuestro señor es generoso y justo pero su hijo es un megalómano, aunque no debemos masacrar al pueblo campesino va a tener que ser necesario acabar con algunos para evitar algo más grande, tal vez por eso llamó a los Terranos, cualquier situación, nuestra misión es apoyarlos.

–Entiendo señor…

–A los Terranos les conviene nuestra ayuda…

Los soldados de Rásagarth montaron sus caballos y siguieron a la caravana que se dirigía a las fronteras de Terra. Después de unas horas, el grupo de soldados avistó por fin las luces de una población a lo lejos. En su camino los

Rásagardianos interceptaron al grupo; cuando casi llegaban a una enorme muralla que se imponía de lado a lado y a una altura de casi veinte metros.

–Buenas noches señores… señorita –saludó el General Rásagardiano desde la ventana.

–Buenas…noches… –saludó Tremis.

–Señor Vigod, un placer verlo de nuevo.

–General… no pensé que usted… viniera tan pronto.

–Descuide, por ver Terranos Paladines sé que esto está controlado, cualquier situación hágamelo saber para poder actuar –comentó el General quien en ese momento se retiró repentinamente para así ir hasta el final de la fila del grupo.

Luego de unos minutos de camino, finalmente, la caravana llegó a las puertas de la muralla donde la aguardaba detrás de estas; ahí fueron recibidos por al menos cincuenta guardias.

–Soldados de Terra y Rásagarth… –pregonó uno de los milicianos–. En ese momento Artanus bajó de la carroza y fue seguido por Tremis y Kralún.

–Templarios de Terra, es un honor verlos por aquí, pero ¿A qué han venido, acaso es por el conflicto de los locales? –Preguntó un miliciano.

–Me temo que así es buen hombre –replicó Giuseppe.

–Señor Vigod, la situación es difícil, la ciudad se dividió en dos, hay centenares de heridos, los guardias no intervienen para no derramar más sangre, los campesinos no rebeldes e inocentes están de este lado de la ciudad por lo que el grupo agresor está del otro por este mismo rumbo, todos ellos están locos.

En ese momento los tres amigos y el señor Vigod subieron al carruaje y con toda la agrupación entraron a la ciudad, una vez que todos habían pasado por las puertas, Tremis se asomó por la ventanilla y pudo observar un crudo panorama del lugar, podía apreciar estructuras desgastadas y maltratadas en lo que parecían las calles, había personas con deprimentes y harapientas vestimentas, algunos estaban quemando desperdicios o basura para darse calor, otros yacían carentes de voluntad sentados en las banquetas, con las miradas perdidas, algunos hombres lloraban inconsolables entre algunos de sus familiares o amigos, la situación era trágica.

– ¿Qué es todo esto? –Comentó Tremis aterrada por apreciar tan horrible y deprimente lugar.

–Tal vez la situación es más alarmante de lo que creímos –agregó Kralún.

–Bueno… la situación se salió de control, esta gente está aterrada y hambrienta, necesitamos recuperar el control para que estas familias recuperen la paz –comentó el señor Giuseppe.

–Pero ¿Cómo es que se ha permitido esto? –Preguntó Artanus.

–Esos desleales "mercantes" han causado mucho daño, por eso contamos con ustedes joven Paladín.

–Hacia dónde nos dirigiremos –Preguntó Kralún.

–Vamos hacia la sección más segura, en este momento estamos en el bloque de las viviendas, los rebeldes tienen controlada la zona minera y las granjas acuáticas, es una fortuna que nosotros controlemos los cultivos aunque ya ha habido saqueos y ataques –antes de continuar explicando la situación; gritos amenazantes junto con una ola de ataques con piedras y otros objetos sorprendieron a la caravana y a los tres Terranos, en especial a Giuseppe quien aterrado cerró una de las ventanas.

– ¡Nos atacan! –Exclamó Giuseppe.

–Tranquilo señor, vamos a protegerlo, Artanus, Kralún, desenfunden sus hachas.

Mientras tanto, afuera los Rásagardianos desenfundaron sus espadas y se lanzaron al ataque de varios sujetos que los interceptaron, el General junto a sus soldados se movilizaron al frente mientras algunos de sus soldados eran derribados de sus monturas al recibir palos y piedras de una forma violenta, en cuanto el General tuvo a su primer adversario a distancia, desencadenó toda su ira sobre su sable para blandirla en un ataque mortal sobre este para así hacerlo caer inerte, al ver la acción, sus soldados desplegaron una formación para combatirlos.

–Los Rásagardianos están limpiando la zona del frente, no han logrado herir a los caballos que jalan de la carroza, ahora nuestro objetivo son los flancos, Tremis protege al duque, Artanus y yo acabaremos con estos sujetos.

–Sí Kralún…

Los dos Terranos comenzaron una persecución la cual inició una batalla en la oscuridad, los contrincantes lanzaban piedras y en pocas ocasiones atacaban físicamente a los dos Paladines pero ellos bloqueaban con gran resistencia esos tristes intentos para detenerlos.

– ¡Patéticos! –Exclamó Artanus ya motivado para iniciar su masacre.

–Son soldados Paladines ¡Estamos perdidos! ¡Huyan! ¡Huyan!

Ante los gritos de los adversarios Kralún se acercó a su amigo.

–Creo que esto será más fácil Artanus.

–Entonces vamos por el líder de una vez por todas.

– ¿Qué esperamos grandulón…?

–La verdad no sé dónde estamos, ve con Tremis y reagrúpate, yo me encargaré de estos cobardes, una vez que limpie esta zona regresaré para que acabemos con esto.

–Ya veo, quieres estrenar tu poderosa hacha… adelante… sin piedad, sólo espero que no te maten, sería eso muy patético.

–Cállate ya Kralún, el otro flanco está vulnerable, no quiero que golpeen a la gritona de Tremis con una roca –concluyó.

En ese momento Kralún apoyó su hacha en su hombro y se retiró del lugar, Artanus sabía que en esa zona habría peligro por lo que no dudó en lanzarse al combate; mientras tanto, Kralún llegó al carruaje donde notó que el soldado que lo conducía yacía indefenso y a merced de los ataques del enemigo, al percatarse de que el Terrano se lanzó al ataque, los enemigos escaparon como pudieron.

–Esto es muy fácil, malditos cobardes –comentó Kralún, quien en ese momento recibió una fuerte pedrada en su cabeza la cual lo derribó pero no lo detuvo, por lo que se levantó y corrió a conducir el carruaje ya que no había quien defendiera esa zona.

–Las cosas aquí afuera están muy difíciles, moveré esto en dirección a mi amigo.

En ese momento, Kralún tomó las riendas de los caballos para así escapar a todo galope.

–Señor… vienen por aquella dirección, toda la escolta se dispersó, debemos marcharnos de aquí, con esta oscuridad es imposible salir vivo –contestó el soldado lesionado.

–Ya lo creo, pero no puedo dejar a mi amigo aquí, morirá.

–Lo sé pero la prioridad es poner a salvo al señor Vigod, no tenemos otra opción.

–Tienes toda la razón… pero deberé regresar por Artanus… esto nos pasó por negligentes… ¡Maldita sea! –Exclamó furioso.

–Lo… siento señor…

Mientras escapaban de los proyectiles, Tremis se mantenía al margen junto con el señor Giuseppe en el interior del carruaje mientras escuchaban como rocas y escombros golpeaban a este por todas direcciones.

–Vamos a toda velocidad… ya era hora… –comentó Tremis.

–Por favor señorita… no permita que me maten… tengo familia…

–No se preocupe señor Vigod… no fallaré en mi misión… por ahora estamos moviéndonos hacia una zona segura.

Entre pedradas por todas direcciones, la carroza se dirigía sin rumbo a un lugar seguro, pero ante la presión y el peligro sería casi imposible salir de ahí, sin esperanza, alguna Kralún no se detenía hasta que repentinamente fue sorprendido por el pequeño grupo de caballería Rásagardiana guiada por el General que conoció, los cuales se le emparejaron al paso.

–Gracias al Redentor están bien Terrano, sigan adelante y no se detengan, nosotros nos encargaremos de estas basuras hostiles, la zona segura está por allá…

–Mi amigo se quedó atrás General… si logra verlo…

–No se preocupe… y lo lamento… –concluyó el General quien se abrió paso por las desolada y oscura zona.

Ante el comentario del General, Kralún sabía bien a lo que se refería, tal vez al paso de unas horas sería menos probable encontrarlo con vida, su misión estaba dando un giro inesperado por la negligencia y exceso de confianza de los dos, ahora no sólo tenía que sacar a Tremis y al señor Vigod de ahí, ya en otro momento regresaría por Artanus vivo o muerto.

Entre oscuridad, finalmente Kralún podía respirar algo de paz al ver algo de luz, adelante podía ver las antorchas de un numeroso grupo de milicianos de la ciudad, por fin habían llegado a una zona segura.

–Hemos llegado… –comentó el conductor del carruaje quien estaba tratándose sus lesiones mientras que Kralún se limpiaba casi medio rostro teñido por su propia sangre derramada por aquel fuerte impacto en su cabeza.

–Kralún… ¿Dónde está Artanus? …¿Kralún? –Cuestionó Tremis algo pensativa mientras se asomaba por la ventanilla.

–Sé quedó atrás… nos confiamos demasiado… de hecho regresaré por él…

– ¿Qué hicieron qué? –Preguntó conmocionada.

–No, joven, es muy peligroso, síganme, debemos entrar a este lugar, aquí se concentra la milicia, los servidores más fieles, ya no hay peligro –invitó

Giuseppe.

–Artanus… no… –musitó Tremis con gran preocupación.

–Lo… siento… iré por él Tremis.

–Que ni se te ocurra cometer el grave error de abandonarme… lo de ustedes dos ya fue demasiado por ahora Kralún, si te vas yo te acompañaré y nuestra misión fracasará… esperemos a mañana, iremos con ese sujeto y lo detendremos, y si algo le hizo a Artanus pagará por eso.

Ante el comentario de Tremis, Kralún entró en razón, el conflicto parecía no terminar, Rásagarth estaba combatiendo a ese enemigo allá en la oscuridad, cualquier señal de Artanus les daría alivio.

–Por ahora descansen Terranos, los Rásagardianos pronto regresarán, roguemos que sea con su amigo…vivo… –comentó el señor Giuseppe.

Algo era seguro para todos, las acciones de los corruptos marcarían el destino de la misión y de sus vidas, las consecuencias serían graves incluso para aquellos que se atrevieron a enfrentarlos.

Al paso de unas horas, Tremis se encontraba mirando desde la ventana de un imponente palacio ubicado al centro de aquella enorme ciudad, desde ahí alcanzaba a ver toda una sección en llamas, podía escuchar los ecos de disparos y los gritos de hombres y mujeres batiéndose a muerte en ese lugar.

–Señorita, por este pasillo, hay una alcoba la cual el señor Vigod me encargó decirle que es para usted –comentó un miliciano que se acercó a ella.

–Gracias buen hombre, pero creo no conciliar el sueño.

–Desde aquí se puede ver todo, el enemigo está en aquella dirección, en la orilla, tal parece que ustedes llegaron en lo que sería el límite del inicio de la batalla…

–Un Paladín está allá afuera, temo por su vida.

–Ustedes son los mejores, yo confío que esté bien, su otro amigo tiene una lesión en la cabeza pero ya fue tratado.

– ¿Enserio? ¿Dónde está?

–No se preocupe, en un momento vendrá, está esperando a los Rásagardianos.

–Ya veo… de pronto… todo se ha calmado.

–La batalla ya había comenzado, los corrompidos mercantes lo iniciaron, tal parece que pretendían apoderarse de todo, independizar era su primer objetivo, pero no contaron con la presencia de aquellos buenos y dedicados trabajadores.

–Entiendo… todo es lucha de poder.

–Por ahora todo se ha detenido, los corrompidos y los buenos habitantes han marcado el límite del territorio, ya debe descansar señorita, su amigo deberá hacer lo mismo, para mañana todo esto habrá terminado, sólo espero que ese corrupto se entregue y no derrame más sangre –comentó al dar media vuelta y marcharse del lugar.

–No sólo se entregará, morirá –respondió ella en voz baja.

Por ahora Tremis no formaría parte del conflicto armado, ella y Kralún debían cumplir su misión de acabar con ese sujeto; debían ser Paladines Terranos los que harían el trabajo de detenerlo a como diera lugar para aplacar al resto y evitar otro conflicto similar, la batalla que se libró fue inesperada, caótica, pero todo eso cambiaría después del amanecer.

IV
LA TIRANÍA FANTASMA

Finalmente, la luz del coloso de fuego hizo su aparición con los rayos de esperanza de la amurallada , los milicianos hacían los preparativos y se encargaban de movilizar todo lo que pudiera ser útil, las fuerzas Rásagardianas preparaban sus monturas, otros degustaban sus alimentos mientras los estrategas discutían la situación y medían los riesgos de lo que pudiera ocurrir. La joven Terrana apenas había despertado, en la comodidad de una enorme y lujosa alcoba, cuanto se levantó, notó que traía puesto como cobertor la túnica de Kralún.

–Despertaste Tremis…

–Kralún, ¿Sabes qué tiempo es? –Preguntó al verle en pie mirando las afueras desde la ventana.

–Mediodía en punto Tremis…

–Me hubieras despertado antes Kralún.

–No era necesario, ya tenemos respuestas, el conflicto acabó hace unas horas, come algo y prepara tu acero, en unas horas se hará la reunión de los términos.

– ¿Cómo estás de tu lesión en la cabeza?

–No es nada Tremis…

– ¿Sabes algo de Artanus?

–Sí…

– ¿Qué es lo que sabes? –Preguntó con incertidumbre.

–Los Rásagardianos dicen que está vivo pero debe ser prisionero de ellos, antes de ejecutar a un prisionero confesó que lo tienen con vida.

–Gracias al Redentor… –comentó con alivio.

–Hasta donde sabemos no son bárbaros ni militares, su único pilar instigador es el mercante, sin él no actuarán… debemos hacer un plan Tremis, debemos negociarlo en los términos, una vez que esté a nuestro lado y a salvo seré yo quien se acerque a ese sujeto, lo partiré a la mitad, sembraremos el terror, todos se arrodillarán rindiéndose y regresaremos todos a casa sin más incidentes que lamentar, solo espero que el duque si trate de negociar para persuadirlo pues es nuestra única esperanza para acercarnos a él.

–Así será Kralún…

–Come algo Tremis, porque hoy habrá de derramarse sangre en nombre de Terra.

–No justifico nada, pero… ¿Era necesario esto? ¿Por qué nosotros?

–Debimos ser nosotros… sólo eso…

–Entiendo Kralún.

Al paso de unos minutos, los dos amigos Terranos salieron a uno de los patios del palacio el cual ya había sufrido destrozos, al verlos, el General Rásagardiano se acercó a Tremis y a Kralún con dos enormes trozos de pan el cual les obsequió.

–Terranos, aquí están, tomen esto, es para ustedes, cortesía de su labor.

–Gracias General ¿Qué ha pasado en estos momentos?

–Ayer los hicimos huir, son fieros y tramposos pero nosotros estamos preparados para eso, no tuvimos bajas, pero ellos tendrán en qué pensar para rendirse pronto.

– ¿Es cierto que Artanus es prisionero de ellos? –Preguntó Tremis.

–Por lo que sabemos, así es, debieron haber sido muchos, una sabandija nos confesó antes de ser llevado a la horca que había sido llevado a las orillas de las minas donde se refugia ese bastardo, la luz de oriente está de nuestro lado, a pesar de que no se rindieron tendremos una reunión para negociar los términos, ustedes dos junto conmigo iremos con el señor Giuseppe a "negociar", ya sabe que hacer ahí, mis soldados y el resto de milicianos estarán cerca, los acorralaremos, si la muerte de ese sujeto o de los que lo acompañan no doblega al resto, deberemos exterminar a todos los que estén presentes.

–No sin antes recuperar a Artanus, General.

–Cierto señorita, ustedes sabrán cuando eliminarlo, una vez a salvo con el señor Vigod fuera de su alcance procedan a lo que deberán hacer.

–Así será.

–Espero que hayan descansado jóvenes –saludó el señor Giuseppe.

–Señor Vigod… –Saludó Tremis.

–Degusten su pan, también tenemos agua de frutas, cuando acaben vayan a mi salón, lo que queda de este, ya que casi todo mi palacio fue saqueado, por ahora es mi punto de reunión para partir, tomen su tiempo, ellos ya deben estar esperándonos, de ahí no se moverán.

– ¿Ya está preparado para lo que sigue? –Preguntó Kralún.

–Ese sujeto quiere que yo vaya sin escoltas pero sabe que eso no ocurrirá, a decir verdad estoy algo nervioso pero cuento con ustedes y los soldados del General.

En ese momento el señor Giuseppe y el General se retiraron del lugar para dejar a Tremis y a Kralún comer algo y reflexionar antes de partir, después de unos minutos, finalmente se reunieron con ellos para así abordar otro carruaje y marchar escoltados con una caballería de cuarentaiocho Rásagardianos rumbo a uno de los montes amurallados donde actualmente podían extraer minerales, en su camino, el panorama del interior de la ciudad parecía no cambiar, era peor de lo que creían.

–Toda la ciudad está casi en ruinas, parece que este lugar ha estado en conflicto por ciclos estacionales –Dijo Tremis mientras el duque la miraba detenidamente.

–Son tiempos difíciles para todos nosotros señorita –respondió el duque.

Mientras avanzaban, las desgastadas y decadentes edificaciones comenzaban a perderse en su camino, pronto estaban internándose en una zona boscosa resguardada por el enemigo quien detuvo su avance con un bloqueo en el camino.

–Estén atentos… –comentó el duque…

En ese momento Tremis se asomó por la ventana y vio a casi once personas, su vestimenta rota y sucia, portaban como armas herramientas de trabajo, evidenciaba que no se trataba de enemigos a quienes combatir por lo que ella se vio algo reflexiva; al darles el pase continuaron su camino.

–Señor Vigod, esos hombres no se veían tan temibles…

–Lo sé, es tanto el fanatismo ciego que le tienen a su líder que arriesgan su vida, no baje la guardia señorita, si por ellos fuera nos habrían atacado cientos y no tendríamos oportunidad –comentó Vigod.

–Entiendo…o busco entender… –respondió Tremis.

–Este es el plan, pedimos a Artanus, lo alejamos a él y al señor Vigod y matamos al corrupto mercante… –concluyó Kralún mirando la cubierta del carruaje.

Finalmente, después de unas horas de trayecto llegaron al territorio minero tomado por el enemigo, Kralún y Tremis salieron primero para ver los alrededores, en el lugar había un inmenso cráter y a las orillas de este al menos unas mil personas, todos campesinos, pescadores y mineros, hombres y mujeres jóvenes, adultos, niños y ancianos, en el centro de ese inmenso lugar estaba un puñado de personas las cuales estaba su objetivo.

–Será fácil llegar hasta allá, cumplir la misión y regresar, aunque no veo a Artanus en el lugar.

–Yo tampoco Kralún…

–Finalmente jóvenes Terranos, hagan su trabajo y vamos a casa, si las cosas no van bien yo los apoyaré con ese bastardo y toda esa horda de inútiles –comentó el General.

En ese momento el señor Vigod subió al caballo de un Rásagardiano y comenzó a avanzar hacia el llamado mercante quien se encontraba acompañado de una mujer y otros mineros, al llegar comenzó el diálogo.

–Creímos que no vendría señor Vigod –comentó el hombre que estaba en el centro, era alto, barba cerrada y cabello corto, su vestimenta se le veía gastada, estaba armado con un sable el cual descansaba sobre su cinturón.

–Baccu, veo que concentraste a medio pueblo aquí.

–Es la zona más segura que tenemos, ahora bien, todo esto pudo evitarse sino fuera por los ataques de ayer por sus asesinos.

–Ustedes han causado más daño con el hambre y dolor allá afuera.

–"Hambre y dolor", no tienes idea de lo que dices Vigod, todos hemos sufrido el egoísmo de tu Rey de los cerdos Rásagardianos, nos prometieron abundancia y libertad, la gente es esclavizada y la que muere pronto es reemplazada por otra alma engañada de afuera, nuestro objetivo principal es salir de este monstruo amurallado a lo que llamas ciudad, no podemos escapar porque del otro lado de sus muros nos esperan con acero en mano, ya no más Vigod, esto es un llamado a las afueras, deben saber lo que vivimos.

–Ustedes levantaron una rebelión Baccu.

–Esta gente reclama su derecho como seres libres y yo soy su voz Vigod.

–Hagan lo que deben de hacer… –dijo el General en voz baja.

–Antes de que comience a hablar señor mercante, quiero que me ayude a responder una pregunta, nosotros ayer éramos tres Terranos, sabemos que ustedes tienen a uno... ¿Dónde está? –Preguntó Kralún.

–Por encima de todo trajiste a Paladines Terranos cómo si el haber traído a los asesinos de Rásagarth no haya sido suficiente.

–A eso Baccu se le llaman consecuencias, pero tratamos de que no ocurra una tragedia.

–Consecuencias... usted no se dio cuenta que ayer ocurrió esa tragedia de la que está hablando, murieron casi seiscientos inocentes que trataban de escapar al intentar luchar por su derecho a vivir plenamente –comentó la mujer que se encontraba al lado del mercante.

–Tranquila querida, es obvio que Vigod se ha corrompido por tanta riqueza.

Los comentarios comenzaban a confundir a los Templarios, ya que entre un lado y otro parecían ser muy convincentes.

–Señor mercante, nosotros sólo queremos a nuestro compañero, además de que esto se resuelva.

–Es cierto, no somos unos desalmados, mucho menos tontos, sabemos que las consecuencias de tocar a un Terrano son devastadoras... Índigus ve por Artanus.

–Sí señor Baccu –respondió uno de los hombres que lo acompañaban para así correr hacia una de las gigantescas cavernas.

–Artanus es un buen joven, él se siente arrepentido de lo ocurrido anoche, nadie le guarda rencor pues sabemos que los templarios son adoctrinados para provocar caos y devastación.

–Sí algo le hiciste a Artanus juro por mi postura que yo...

–Tranquila señorita Terrana, allá está él, de hecho viene en camino.

En ese momento, el par de Terranos, Giuseppe y el General miraron impresionados que Artanus caminaba hacia ellos con su hacha en la espalda, se le veía intacto y sereno, al llegar se colocó al lado de Kralún.

–Artanus, te ves tranquilo... ¿Estás bien? –Preguntó Kralún.

–Se puede decir que estoy bien, no lo sé... pero creo que esta situación no lo está Kralún.

– ¿A qué te refieres Artanus? –Preguntó Tremis.

–Lo que vayan a hacer... no lo hagan, traté de detener a Baccu pero él se negó, ahora se los pido a ustedes, cesen sus acciones.

– ¿Qué estás diciendo Artanus? –Preguntó Kralún.

–Sabía que eras un cobarde Vigod, Artanus me contó lo que te propones a hacer, pero ya no escaparemos, por eso estoy aquí, mi gente y yo estamos para enfrentarte y morir si es necesario, sólo te pido que ya no lastimes a nadie, no somos enemigos, somos víctimas de tus malditas acciones.

– ¿Qué has hecho Artanus? –Comentó Kralún.

–No… Artanus… –dijo Tremis mirándolo.

–Terrano traidor, joven Kralún hágalo ya… –ordenó Vigod.

Sin detenerse y de manera rápida, Kralún desenfundo su enorme hacha, la levantó en alto y la dejó caer con fuerza sobre el mercante con el fin de acabar con él, pero Artanus detuvo su ataque al tomar la imponente arma para así derribar a Kralún.

– ¡No lo hagas Kralún! –Exclamó Artanus quien repentinamente recibió un fuerte puñetazo en el rostro que lo derribó, el responsable un soldado de Rásagarth.

– ¡Maldito traidor! Lo haré yo mismo –amenazó el General Rásagardiano quien desenfundó su espada y se lanzó sobre el mercante pero este desenfundó su sable y alcanzó a bloquearlo pero no a detenerlo; todos los espectadores veían con indignación la situación:

– ¡Están atacándolo! ¡Vamos a defenderlo! –Exclamaban los cientos de ciudadanos quienes estaban a favor del mercante.

– ¡Todo terminará aquí! –Exclamó Baccu.

– ¡Sólo para ti! –Dijo el General quien en ese momento sacó de un bolso un cuerno el cual sopló de este para dar una señal de alerta.

–Contempla la furia de la gloriosa infantería Rásagardiana, tú y tu gente serán purificados al morir clavados por nuestros aceros y en nuestras hogueras –dijo gustoso ante los aterrados ojos de Baccu.

Después de haber sonado el cuerno, este fue acompañado de un eco formado por cientos tal vez miles de hombres los cuales comenzaron a emerger del bosque que los rodeaba, todos estaban armados y listos por lo que se lanzaron al ataque sobre todo aquel que estaba del lado opuesto de la voluntad de Terra o Rásagarth.

–Otros tomarán sus lugares, por ahora purificaremos a todos tus ancianos, infantes, hombres y mujeres, a todos aquellos que hoy pelean en contra de ATIA.

– ¡No! –Gritó la mujer del mercante quien desenfundó una daga y se lanzó sobre el General pero este la recibió con el filo de su espada apuntando hacia ella, al ver esto, el mercante se lanzó consternado hacia la mujer que yacía agonizante mientras que Vigod desaparecía del lugar montado en su caballo; en el enfrentamiento los tres Terranos estaban en medio de una extraña disputa la cual habían dos fuerzas que los tenían sometidos, la moral y la obediencia.

Ante la situación Artanus tomó su hacha y se puso sobre el frente del General.

–Ya has derramado mucha sangre… déjalos ahora mismo.

–Imbécil… esto no puede detenerse, ¡Es la voluntad de nuestro Rey!

–Antes de que Artanus actuara en contra del General es golpeado y derribado por una roca lanzada de la mano de su amigo Kralún, el golpe lo había dejado fuera de combate.

–General… él es nuestro problema ahora –dijo Kralún.

–Estuvo cerca joven Terrano, vámonos de aquí, esto ya terminó.

– ¡Esto no ha terminado! –Gritó furioso el mercante.

–Señorita Tremis, joven Kralún, tomen mi caballo y váyanse con el traidor, yo terminaré con esto –dijo heroicamente el General.

–Kralún… estoy confundida…

–Sólo has lo que te sugirió, vámonos de aquí.

En ese momento la infantería ya había llegado a los cientos de ciudadanos rebeldes, muchos estaban siendo sometidos, otros masacrados, lo único que debían hacer Tremis y Kralún era llevarse a Artanus y alejarse lo suficiente aunque su escape no sería por la peligrosidad de la situación… algo no encajaba…

Al llegar al carruaje se encontraba el señor Giuseppe Vigod oculto en su interior.

– ¿Ya lo mataron? –Preguntó.

–El sujeto está encarando al General en este momento… –comentó Kralún.

–Ahora díganos ¿De qué se trata todo esto? –Preguntó molesta Tremis.

–No debe hacer preguntas señorita, ustedes sabían lo que ocurría, es obvio de que todo se salió e control, no podemos tener una rebelión, era necesario esto, su amigo, ese traidor arruinó todo.

–No son soldados, se trata de gente que sufre…

–Ya no hable señorita Tremis… recuerde que todo lo que me contraponga estará en contra de sus principios y lealtad hacia el temple o el reino.

–Tiene razón Tremis… mejor vámonos de aquí… no hay nada que hacer.

En ese momento, se marcharon, al regresar a la ciudad entraron al palacio, un grupo de milicianos locales desarmaron y encadenaron a Artanus para así llevarlo a encerrar al carruaje en el que habían viajado por primera vez los Terranos.

Después de la espera llegó el General al palacio donde se encontró al señor Vigod, a Tremis y a Kralún.

–He llegado…

–Finalmente General, que bueno que esté bien.

–No salió cómo lo esperábamos pero al fin todo terminó, finalmente la ciudad es suya de nuevo señor Vigod, nos hicieron falta cadenas así que tuvimos que realizar algunas ejecuciones, mañana quemaremos al resto junto con los que se resguardaron en la ciudad, no se preocupe por las bajas, en unos días traeremos reemplazos, por ahora esto fue un buen final para todos.

– ¡Esto amerita celebrar! –Contestó Vigod.

–Siento mucho lo sucedido pero era necesario, su participación no fue del todo necesaria pero si fue muy valiosa, gracias a ustedes dos Terranos ya no habrá hambre en Terra ni en el amado reino del que provengo –agradeció el General.

–De… nada… –contestó confundida la Terrana mientras se retiraba del lugar.

En ese momento el General y el señor Vigod comenzaron a embriagarse para celebrar, al paso de unas horas comenzó a atardecer, Tremis fue a buscar al duque Vigod para preguntar por el regreso y fue ahí cuando se encontró con él acompañado por el General y un grupo de oficiales Rásagardianos.

–Debo regresar a Terra General pero necesito una escolta que me proteja, ese enorme Terrano traidor podría soltarse y siendo sinceros confío más en su caballería que en dos jóvenes.

–No se preocupe señor Vigod, tenga la seguridad de que se llevará a los mejores a Terra para protegerlo.

Tremis no soportó escuchar lo sucedido y decidió salir del palacio, ahí miró el carruaje bien custodiado que llevaba a Artanus por lo que fue a verlo.

–Ya estamos por partir, no puede subir a este carruaje –dijo uno de los custodios.

–Déjame entrar soldado, recuerda mi postura en la misión, ahora ese prisionero es mi responsabilidad.

El soldado no lo pensó dos veces y accedió, en el interior de la carreta sólo estaban ella y Artanus.

–Tremis...

– ¿Cómo estás Artanus?

–Mientras no esté de rodillas ante esos asquerosos asesinos de inocentes, lo demás no importa.

–No teníamos opción Artanus.

–No te has dado cuenta Tremis… todo este tiempo nos han engañado, tú lo has vivido, de cualquier manera masacrarían a todos, era la única forma de seguir controlando a los esclavos, Gálamoth tenía razón: los Paladines son "fáciles de manipular" y "fáciles de desechar", para esto nos necesitaban, mancharnos las manos sin oponernos.

–Yo jamás lo imaginé Artanus.

–Nadie lo imaginó, aquí se engaña y esclaviza a la gente, la grandeza de los reinos se basa en la sobreexplotación de hombres, mujeres, niños y ancianos, es lo que estuvimos matando esa noche en la oscuridad; alcancé y masacré a tantos como pude, perseguí a una docena hasta un callejón, entre ese grupo escuché una voz femenina que me suplicó piedad, la tomé del cuello y la llevé cerca de una fogata para poder apreciarla… era sólo una jovencita, al ver sus aterrados ojos me di cuenta de lo que estaba ocurriendo, ella me llevó hasta donde esos hombres estaban resistiendo sin armas, solamente eran hambrientos campesinos, sedientos de justicia, en sus acciones trataban de levantar la poca dignidad que les quedaba para recuperar la libertad que se les prometió y arrebató por mucho tiempo, mientras Vigod se enriquecía, el mercante se impuso para alimentar a ese pueblo con lo que saqueó, ahora, en este momento todos los que se rindieron están siendo ejecutados, nuestra misión ha sido cumplida Tremis, felicidades.

–Esto lo sabrá el Gran Guardián Artanus.

–Algo me dice que ya lo sabe Tremis… lo siento… pero hay cosas acerca de ATIA que no conoces y que yo me he dado a la tarea de descubrir…

–Artanus…

–Gálamoth y yo fuimos amigos desde siempre, juntos descubrimos muchas cosas de allá afuera, ese escondite que conduce a la taberna fue construido desde adentro hacia el exterior por arquitectos Terranos con quienes compartimos muchos momentos de alegría y conocimiento sobre sus travesías, un día algunos de ellos desertaron por lo que descubrieron en sus misiones, cada día después de luna llena los veíamos en la taberna, ocultos, discretos, en ese entonces éramos un grupo secreto de quince jóvenes pero ellos nos contaban que ya eran cientos los que poco a poco desertaban al darse cuenta de todo lo que ocurría, yo jamás los invité a Ramsus, a Kralún y a ti porque ellos no confiaban en ustedes por la cercanía que tenían con el Gran Guardián y los maestros, incluso mi lealtad hacia ellos era cuestionada pero Gálamoth siempre me defendía, un día me lo contaron todo pero yo no lo quise creer y me retiré con la promesa de que mi garganta fuera cortada de raíz si yo divulgaba algo, así, ellos simplemente desaparecieron junto con el grupo de jóvenes, el Gran Guardián realizó una persecución en contra de ellos, jamás los volvimos a ver, sólo Gálamoth y yo quedamos y porque él no alcanzó a escapar, hasta la otra vez que nos encaramos me di cuenta de todo y ayer he despertado, a eso se refería con decirme "cobarde", ahora lo entiendo.

–Pero… ¿Por qué me cuentas eso Artanus?

–Para que ya lo sepas de una vez por todas y realmente te des cuenta de que todo esto si era verdad… obedecemos y convivimos con cobardes inhumanos que controlan todo…

–Artanus… no sé qué decir, o qué hacer…

–Nada Tremis, lo que hagas repercutirá en contra tuya o de Kralún…

–El abuelo de Ramsus debe ayudarte… el Rey de Terra te ayudará…

–No Tremis, él viejo no bajará su postura por gente como nosotros, ahora lo he visto todo, el Rey es peor que Vigod y por algo lo asignó a él…

–Te liberaré Artanus, nos iremos de aquí…

–No pequeña ingenua, no tendríamos oportunidad contra la caballería Rásagardiana detrás de nosotros, deja que nos lleven a casa, ya se me ocurrirá algo…

–Artanus…

–Antes de que te vayas, ¿Podrías llamar a Kralún?

–Enseguida Artanus –Tremis cerró la puerta y en unos minutos Kralún la abrió y entró para acompañar a su amigo.

– ¿Cómo estás grandulón?

–Me duele la cabeza, creo que he tenido mejores días cuando estoy encadenado –Artanus sonrió de tal forma que el sarcástico comentario despreocupó a su amigo.

Pronto los tres Terranos serían llevados a casa, mientras tanto Tremis estaba sola, sentada en una jardinera mirando el carruaje, pensando en Artanus. Después de unos minutos Kralún salió del vehículo y se retiró del lugar de manera misteriosa.

V
EL JUICIO

En la imponente y fortificada , al paso de unas horas, al estar cayendo el anochecer se estaba formando una caravana que se dirigía a Terra, dos carrozas y un numeroso grupo de imperiales Rásagardianos a caballo estaban formándose dispuestos a movilizarse a la brevedad posible para dirigirse a su destino, en la primer escolta estaba una de las carrosas, en su interior aguardaban Tremis, Kralún y el Duque Giuseppe Vigod quienes eran despedidos por el General quien ahora era el encargado de restablecer la "paz" de la ciudad; en la otra carroza cuya puerta y ventanas se encontraban selladas y bajo resguardo de militares bien armados se encontraba Artanus, el llamado "traidor".

–General, usted estará al mando para que todo se restablezca, eso incluye la situación de los prisioneros.

–Puede contar conmigo señor Vigod.

Mientras ellos conversaban, Tremis no pudo contener la curiosidad de conversar en voz baja con Kralún.

– ¿Cómo está Artanus?

–Algo triste, nunca lo había visto así, aunque en estas circunstancias hasta yo lo estaría.

–No quiero que le suceda algo, en unos momentos partiremos a Terra, pero por primera vez tengo miedo de regresar a casa.

–En cuanto lleguemos le diremos al anciano.

En ese momento partieron rumbo a Terra, las horas de viaje se hacían lentas, el señor Vigod trataba de animar a los dos jóvenes pero al parecer su presencia era sinónimo de incomodidad por lo que solo se limitó a guardar silencio, Kralún y Tremis simplemente se miraban uno al otro, no tenían la comodidad de conversar con tal persona. Finalmente, en las primeras horas de la madrugada, la caravana llegó a su hogar, ya en la ciudadela de Terra, Tremis y Kralún estaban tranquilos, esperando a que Artanus bajara y fuera llevado al templo, pero no fue así.

– ¿Que están haciendo? –Preguntó Tremis.

–Lo llevaremos ante el Rey –dijo el soldado que custodiaba a Artanus ante la presencia de guardias Terranos quienes ya los esperaban.

–Este soldado es un templario de élite, debe ser llevado al templo.

–Proviene del templo, pero sirve al Rey, por lo tanto, a su existencia le pertenece y es frente a él a donde será llevado –comentó un guardia Terrano.

–El Rey no toma partido en asuntos que involucren al temple.

–He dicho que lo llevaré con el Rey ¿Comprendió señorita? –Respondió de forma altanera.

Tremis estaba perturbada, desconcertada.

–Kralún… ayúdame…

Antes de concluir, Tremis volteó a su espalda para hablar con Kralún, pero él no se encontraba ahí, había ido con el anciano a decirle lo ocurrido y lo que estaba por suceder. Para esa situación él estaba en la sala principal conversando con el anciano Guardián, platicando la historia para darle solución.

–Si tu historia es tan verdadera cómo dices, por lo que hizo él, desgraciadamente no puedo hacer nada, hay un juramento y tú lo conoces, debes ser leal al bien, al templo y al reino de Terra, ese juramento es la clave para no violar las leyes de este reino y de todos los que las acatan: “Hay que ser leal al bien para vivir en paz o morir con el mal”. Esa es la ley desde hace siglos, a quien la viola le espera la muerte; te comprendo, Kralún, tal vez es injusto, pero en muchos casos es necesario para preservar la paz. Ahora escribiré una carta, quiero que se la lleves al Rey de Terra, espero que ayude en algo, al menos servirá para salvar su vida, aunque eso lo decidirá él.

–De lo ocurrido en la ciudad, ¿Qué virtudes practicamos y defendemos si todo se hace en torno a lo que decide este asqueroso poder? Por un lado somos morales y obedientes pero ¿Qué pasa cuando uno y el otro se confrontan?

–Una guerra civil no arreglará nada joven Paladín, sé que esto es injusto y hablaré con el Rey de eso, pero por ahora…

–Cientos de personas están muriendo ejecutadas por manifestarse ante aberrante atrocidad a la que fueron sometidas, debemos hacer algo en contra de semejante actuación.

–No podemos anteponernos a eso, no es de nuestra competencia, nuestra función principal existe mediante la consecución de nuestros designios como hombres virtuosos, debemos aplastar la discordia que va más allá de los riesgos nos que amenazan, ese es un problema local que solo las coronas deben resolver, los Templarios no.

En ese momento el anciano se sentó a tomar nota. Kralún estaba nervioso, pues ahora con ese suceso sabía que cualquier error en su servicio cómo templario podría costarle su libertad o incluso la vida.

–He concluido, conozco al Rey de Terra, tomará una decisión cruel, Kralún, ustedes son cómo mis hijos, crecieron al lado de Ramsus, lo menos que quiero es que les pase algo malo, espero que esto le ayude a Artanus.

Kralún tomó el mensaje, lo enrolló y corrió a gran velocidad rumbo al palacio Terrano, saltó los techos de las casas para llegar más rápido. Después de unos momentos desesperantes por llegar a la imponente edificación, agotado y sin aliento, finalmente llegó, pero fue detenido por cuatro guardias reales.

– ¡Alto soldado! No puede entrar –ordenó uno de los soldados.

–Es una emergencia, un inocente será culpado… algo así… necesito hablar con el Rey, tengo una carta del anciano Guardián.

–Puede pasar, soldado, el Rey está en su trono, con el prisionero y una joven oficial de la élite.

Kralún corrió hasta la sala del trono del Rey, pero encontró la puerta cerrada y un soldado que la custodiaba.

–Soldado, necesito entrar, tengo una carta firmada por el Gran Guardián de Terra.

El custodio le permitió el paso y al abrir la puerta Kralún pudo ver al Rey, a Artanus en un estrado, a Tremis y a un grupo de soldados que los acompañaron en la misión, pero en cuanto dio un paso para entrar escuchó decir al Rey "… por tus aberrantes transgresiones, ordenaré al temple que seas condenado a muerte por traición a Terra…"

De pronto se oyó la voz de Tremis:

–Con el debido respeto, pero él sólo trataba de defender a esa gente, buscar una solución pacífica, es parte de nuestras funciones, mi señor, evitar conflictos por medio de la conciliación.

– ¡Suficiente! ¡Hable ahora y ordenaré que sea arrestada! –Tremis fue interrumpida por el reclamo del Rey–. Usted sabía lo que tenía que hacer… he dicho…

–Escuchen a su glorioso Rey… ¡Nos ordenó matar inocentes y me condena por haber faltado a esa orden!

Tremis volteó rápidamente hacia Artanus:

–Artanus… no lo hagas más difícil –suplicó Tremis muy asustada.

–Estoy condenado a muerte, ¿Qué más puedo esperar? Qué más da, Terra me ha abierto los ojos, son un puñado de monstruos y parásitos que se alimentan del dolor y la tragedia de otros, sin saberlo fui parte de esto.

– ¿Qué has dicho insolente? –Cuestionó monarca.

Todos estaban callados en la sala, miraban al Rey sorprendido de escuchar lo dicho por Artanus.

–Valiente, tal vez un tonto ofensivo, soldado, el anciano se equivocó en haberlo elegido cómo Paladín de élite templaria, irrespetuoso, desleal, quítenlo de mi vista, hasta no haber informado al Gran Guardián sobre estos hechos enciérrenlo mañana a primera hora quiero que sea enjuiciado, escucha bien esto Traidor, si el Gran Guardián no accede en ejecutarte, yo ordenaré hacerlo, deberá ser frente a todos los oficiales y dignatarios, qué la ejecución de este hombre sea ejemplo de lo que les espera a los traidores que buscan crear conflicto en ATIA.

En ese momento Kralún logró abrirse paso entre la multitud de soldados.

–Mi señor, debe leer esto...

–Eres tú, el otro soldado de élite, ¿Qué sucede? Si viniste a defender a este condenado, vienes en vano, están por trasladarlo a prisión, ¡Guardias, llévense a este traidor!

Mientras se llevaban a Artanus, este volteó hacia el Rey.

–Criaturas malignas e indeseables, se esconden detrás de los reinos poderosos por protección, defienden todas sus torpes acciones y hacen cómo si no pasara nada, ¡Ocultan la verdad!

–Tienes un corazón oscuro, soldado, un corazón maligno –el Rey veía con temor a Artanus.

–Señor, traje este mensaje escrito y firmado por el anciano del templo –anunció Kralún–. Le dio la carta al Rey y este se dispuso a leerla.

– ¡Retírense todos! Excepto ustedes dos.

Los soldados se retiraron rápidamente y dejaron a Tremis y Kralún con el soberano.

–Sé que más que un compañero es su amigo, puedo verlo por la forma tan obvia en la que hacen lo imposible por protegerlo.

–Es más que eso, es nuestro hermano –Kralún interrumpió al Rey.

–Su hermano… ¿Saben lo que cometió? ¿Tienen idea de lo que hizo allá afuera? No, deberían saberlo, estuvieron ahí, ustedes lo perdonarían por lo que hizo, pero yo no, pone en peligro el honor, la lealtad y la seguridad de todos en el reino y fuera de este, estimo mucho al gran maestro, pero él y yo no estamos de acuerdo con que alguien dañe en un día las relaciones que existen cientos de años atrás, la es lo que ha levantado Terra y a otros, no hay hambre ni habrá por toda la eternidad, si hubiese un problema, ustedes y yo no tenemos la capacidad de enfrentar a tan poderoso imperio, somos parte de una potencia que domina todo cuanto existe, pero aun unidos los demás reinados no se compara con Rásagarth, como los favoritos del temple deben saberlo; el mensaje del Gran Guardián es muy explícito, lo respeto mucho y cómo muestra de que es cierto tomaré una decisión: encárguense ustedes de él y enciérrenlo. Pueden irse, enviaré al prisionero al medio día, antes debo hablar con el anciano.

Tremis y Kralún se retiraron de la sala y fueron al templo. En su camino Kralún miró a Tremis y notó su rostro que expresaba un profundo dolor.

–No te preocupes, lo ayudarán.

–No lo sé, estoy preocupada porque eso pensé en el camino, terminaron condenándolo a muerte, sólo me pregunto qué sucederá ahora, con lo que comentó Lord Herium ahora ya no sé qué creer, me hace pensar que la gloria de Terra y ATIA es una farsa.

–Por ahora no podemos hacer algo al respecto, esperemos que en la conversación del Rey con el anciano se arregle todo.

Era un momento amargo para todos, sólo había que esperar la llegada del medio día. Después de esperar en total suspenso, en la entrada del templo, por fin se llevaron a Artanus, aunque encadenado y escoltado por un equipo de seguridad. Todos los templarios y estudiantes lo observaban y murmuraban acerca de él. Tremis corrió rápidamente hacia donde estaba Kralún para avisarle y al localizarlo corrieron hasta donde se encontraba su amigo; ellos desconocían lo que el Rey y el anciano habían conversado, pero lo que estarían por ver entrañaba malas noticias. En la sala principal aguardaba una multitud de soldados, maestros y estudiantes; eso sólo podía significar una cosa: Artanus estaría ahí también.

–Querido compañero guarda templo, conducir a los estudiantes y todo aquel que sea ajeno en rango y preparación fuera de la cámara.

–Así será Venerable Maestro –respondió el guarda templo.

En ese momento, todo estudiante y aprendiz de cualquier casta y demás personas ajenas a la maestría del temple salieron del lugar, en ese momento Kralún y Tremis llegaron al lugar donde por su rango, preparación y además de ser involucrados en el caso, pudieron pasar.

–Ahora, para llevar a cabo este juicio, invitaré al maestro Obed que presida en el sitial que yo ejerzo, yo deberé retirarme de esta cámara.

El anciano se puso de pie, recibió con un abrazo al maestro Obed quien en ese momento tomó su lugar, el Gran Guardián fue acompañado hacia la puerta por el guarda templo interior mientras Tremis lo veía con indignación al verlo marcharse.

– ¿Por qué se va? –Murmuró Tremis.

Una vez sentado en el sitial y el anciano fuera de la cámara, el maestro Obed comenzó.

–En estos momentos yo tomaré el mando de esta ceremonia, nadie puede hablar sin el permiso de vuestros maestros ubicados en los puestos de vigilancia, por lo que ahora en nombre del Redentor declaro iniciado el juicio a un golpe de mallete.

–Pero ¿Por qué no está el Gran Guardián? –Continuó murmurando.

–Silencio Tremis, ya comenzó –interrumpió en voz baja Kralún.

–Se te acusa de traición a los designios y deberes que tienes como templario, actuaste en contra de todo lo que se te enseñó, un Rey puede ejercer autoridad contra un templario siempre y cuando él con su venia otorgue al temple encargarse de la situación, en este caso así fue y por ello no serás sentenciado a muerte, aunque los delitos son graves, no tienes oportunidad de que en una corte puedas ser defendido, para esta situación la tolerancia ha sido rebasada por los estatutos de nuestro sagrado libro de la ley y por esa razón se te expulsará de la orden por haber insistido en violar el juramento de lealtad y por atentar contra la paz, por desafiar a un oficial de un reino hermano y por defender a los causantes de una atrocidad latente, llevarán varios días de crisis el recuperar la , por lo que no tendremos suministros hasta que el orden impere allá, por participar a favor de aquellos que provocaron tal situación se te condenará a prisión en las mazmorras del templo Terrano, tu condena dará inicio hasta que el elíxir de la inmortalidad termine su efecto, hasta que comiences a sentir el paso del tiempo por tus venas, de ahí se te condenará a la prisión ubicada en las minas de Ícamu al sureste de Pália, en la desolada isla de Kizlea, los términos de una ejecución dependen totalmente de la autoridad Terrana por lo que permanecerás encerrado y sin la luz del sol hasta que llegue el momento de tu exilio –Las palabras del maestro Obed fueron crueles, nunca lo habían escuchado hablar de una manera tan repulsiva e intolerante, parecía haber olvidado que el acusado al que estaba enjuiciando era un joven que creció con ellos desde pequeño.

Tremis miraba con odio al maestro Obed mientras Kralún escuchaba impotente. Artanus estaba con la mirada baja y su rostro reflejaba la ira ante semejante acto de injusticia; al escuchar las palabras de su tan respetado mentor, derramó una lágrima la cual limpió rápidamente pues no buscaba demostrar debilidad ante su juez.

–Siempre le fascino conocer más allá de los misterios que le otorgaría la libertad y ahora lo enterrarán vivo –musitó Tremis quien no soportó más y solicitó al guarda templo que la sacara del lugar. Después de que el maestro Obed dictara su sentencia, se llevaron a Artanus; Kralún quedó sólo en la sala.

Tremis paseó por los pasillos del templo para buscar al Gran Guardián quien se encontraba en una de las jardineras mirando el agua cristalina de una fuente, al encontrarlo Tremis hizo su aparición.

–Eres tú Tremis, sé cómo te has de sentir, lo comprendo perfectamente, pero no tuve otra opción, mi ausencia fue parte de un acuerdo entre lord Herium y yo, evitar que lo ejecuten mañana y poseer nosotros la custodia.

–En cambio lo sepultarán vivo, sufrirá un castigo peor que la misma muerte, en estos momentos hubiera preferido liberarse en una ejecución que seguir latente en una mazmorra por años.

–Es lo que el Rey quiere escuchar para dar noticias al imperio de Rásagarth, en estos momentos se le llevará un manuscrito de lo ocurrido hoy.

–Maldigo a Rásagarth... manipuladores indeseables.

–Lo importante es que Artanus está bajo nuestra jurisdicción ahora, lo demás no importa.

– ¿No importa? Entonces, ¿La libertad y la dignidad del templario no es importante? –Cuestionó molesta –Al final todos somos víctimas, incluyéndolo, lo que usted no escuchó ha de consternarnos a todos, no existe garantía de salir librado de una situación similar.

–Tienes razón, estoy atado de manos, por ahora, por lo menos hasta no recibir el mensaje de hoy, el Rey me tiene atado de manos, cuando Rásagarth interfiere, Terra exige, si me niego entonces habrá consecuencias; en unos días llegará mi nieto, esta noticia lo enfurecerá y estará igual de decepcionado que ustedes tres, son cosas que suceden; comprendo el motivo de tu coraje, pero él hizo algo malo y muy peligroso para todos nosotros, no quiero que me culpes por lo que acabo de hacer, hay algo que deberás saber.

Luego de platicar un rato, Tremis se retiró, en su camino vio a Kralún en un balcón del tercer piso mirando hacia la ciudadela por lo que fue a donde se encontraba.

–La gran torre vigía que apunta hacia el norte, más allá de estos bosques, es tierra de nadie –musitó Kralún silenciosamente.

–Kralún ¿Dijiste algo?

–Hola Tremis, nada… no dije nada…

–Tengo algo que decirte, es sobre lo de hoy…

–Será después, tengo mucho que hacer y tan poco tiempo, dímelo por la noche –comentó mientras salto de balcón en balcón hacia el segundo piso y después al primero, así hasta estar más lejos de su amiga.

–Tonto ¿A dónde vas? –Murmuró molesta, en ese momento se retiró a su habitación.

No había mucho por hacer, al llegar a su alcoba, la joven Terrana dejó a un lado su pesado acero y equipo, desabrochó sus botas y se quitó su vestimenta para así tomar una ducha. Al terminar se vistió con algo más cómodo, sacó de su bolso un pergamino de misión, al parecer nuevo, por lo que ahora tenía una nueva misión que cumplir.

VI
LA CONVERSACIÓN SECRETA

En una de las jardineras del templo Terrano, cerca de una fuente se encontraba el Gran Guardián y la joven templaria Tremis, conversando la situación de su amigo Artanus, en ese momento los dos se movieron de ahí y se fueron a la llamada "tercera cámara", lugar donde se llevó a cabo el juicio, ahora estaba desierta; al llegar cerraron la puerta y tomaron asiento en un sitial lo más alejado de puertas y ventanas para llevar a cabo una conversación un tanto más delicada.

–El juicio no fue una farsa Tremis, ha sido declarado y sancionado como hecho ocurrido, pero hay algo que debes saber.

– ¿Algo más que deba saber?

–Artanus es un templario considerado traidor y como tal fue sentenciado, pero no se le despojaron de sus derechos ni de su rango, como tal sigue siendo un templario.

–A ¿Qué se refiere con todo esto Gran Guardián?

–Qué Obed sentenció al traidor pero Kayleen, tú y yo salvaremos al templario que representa aún.

– ¿Salvarlo? ...¿Habla de?

En ese momento dieron tres lentos golpes a la puerta de la habitación, el Gran Guardián se puso de pie y fue a ver quién era, de manera discreta alguien le entregó un paquete, al recibirlo agradece la acción, cerró la puerta y regresó con Tremis para continuar conversando.

–Ya está listo, este es un pergamino para tu nueva misión, mañana a primera hora te dirigirás a las mazmorras ubicadas en la arena del templo, en un segundo sótano, ahí deberás decirle que hay una forma de ser libre al servicio del templo y bajo identidad secreta, será una decisión difícil pues él ya no cree en las enseñanzas de la formación de la que fue iniciado, es su única salida, tu deber será custodiar su celda por nueve días, de ahí deberá tomar la decisión porque después de ese periodo se le trasladará de manera secreta a una locación solo por mi conocida, ahí un grupo de nobles guerreros se lo llevarán, trabajará bajo mis órdenes en una armada secreta de Guardianes que yo inicié, no lo volverás a ver por aquí pero todo deberá regresar a la normalidad.

–No será lo mismo, pero es una mejor alternativa a lo que en este momento está viviendo.

–Sólo nueve días, estará bajo tu custodia, por favor, no trates de convencerlo, debe salir de él mismo tomar esa decisión, será la única manera de ayudarlo, sino acepta deberá procederse con lo de su sentencia.

–Entiendo Gran Guardián.

–Ustedes han sido grandes jóvenes y servidores ejemplares, tú eres muy cercana a él, así que estoy seguro que podrás ayudarlo.

–En verdad lo haré.

–Esta misión es secreta, nadie debe conocerla, el pergamino es para justificar tu ausencia, después de los nueve días todos sabrán que escapó, algo se nos ocurrirá.

Después de su conversación, Tremis salió de la habitación, su rostro expresaba esperanza, aunque sólo tendría nueve días para ver a su amigo Artanus, tal vez será la última vez que pudiera verlo.

VII
ESCAPANDO DE TERRA

A la mañana siguiente, antes de que los primeros destellos de luz iluminaran las tierras del Redentor, Tremis se levantó, se vistió y enfundó su acero, lista para otra tarea importante. Salió de su habitación y se dirigió a la prisión en donde estaba un gran amigo encerrado; en su camino ensayaba murmurando las palabras que le diría a Artanus al verle: "yo seré quien te cuide ahora;" "creo que no, "Artanus, he venido para cuidarte", "esto no le va a agradar", pensaba. Mientras caminaba, saludaba a la gente cercana. Al llegar al atrio miró discretamente y se dirigió a una habitación donde se dijo estaba la armería; levantó la alfombra y abrió la puerta de un pasadizo secreto, al parecer un atajo a la arena; tomó una antorcha y caminó por un pasillo estrecho y oscuro, hacía tiempo que nadie había pisado ese tenebroso lugar, ella bajó por otras escaleras y llegó a una puerta que conducía a las mazmorras. Más que prisión parecía catacumba, al menos los cientos de metros de ese lugar ya estaban iluminados por cientos de antorchas; era un lugar que nadie se atrevería a pasear, mucho menos solo; a derecha e izquierda había grandes y viejas puertas de madera y acero, un lugar horrible para permanecer el resto de una vida. Al continuar, Tremis se dio cuenta de algo extraño, no había guardias en esa zona; caminó durante un rato más y pasó por más puertas hasta encontrar algo que la alarmó: el guardia que ella relevaría yacía inconsciente en el suelo. Tremis indagó si estaba muerto, pero no fue así, intentó despertarlo pero fue inútil, desenvainó su espada y la empuñó con fuerza.

– ¿Hay alguien aquí?

Tremis buscaba señales de alguna presencia; estaba preparada. Caminó más adelante y vio más guardias en el suelo. Corrió e intentó despertar a uno para que le explicara lo sucedido, pero no dio resultado, estaban inconscientes; siguió su recorrido y volvió a alarmarse, dos celdas habían sido abiertas, una de estas de forma frenética y sólo le quedaba una cosa por hacer, revisar el interior de las dos. Ya que nadie había topado con ella, significaba que el profano podría estar ahí; no era fácil estar sola a metros bajo tierra en unas catacumbas convertidas en prisión con un grupo de guardias inconscientes sabiendo que hay algo en ese lugar a la espera de acercarse para atacar.

Armada con un su acero en mano y una antorcha entró lentamente en la celda pero estaba vacía, al registrar la siguiente pudo notar que la puerta fue dañada con rastros de una hoja pesada, al revisar su interior pudo notar unos detalles en la pared, al acercar la antorcha notó que se trataba de una inscripción hecha con algo afilado: "La luz te conduce a la libertad"; debajo de la inscripción había un dibujo: lo que parecían dos hachas cruzadas. Entonces ella comprendió, "No debió ser así, pero que el Redentor los proteja siempre", musitó, y en ese momento comenzó a escuchar los quejidos de uno de los guardias por lo que fue a ayudarlo, en ese momento llegó otro guardia de relevo pero al darse cuenta de la situación salió del lugar para dar la señal de alarma pues el prisionero escapó con un mensaje que nadie olvidaría.

En el techo de la "gran torre Norte" de vigilancia de Terra, había dos almas nobles, contemplando con tristeza todo su alrededor.

–Te estoy agradecido, ¿Pero estás seguro de esto? –Artanus miró a su amigo.

–Completamente amigo, pues cuando la injusticia esté por encima de la moral, la lealtad será la última caballería… y aquí estoy.

–Gracias… en verdad… gracias hermano…

–Nada que agradecer grandote, por cierto, no pude encontrar a tu amigo Gálamoth, lo perdí al salir a las calles –confesó Kralún expresando una mueca.

–Lo sé, no importa, él buscará la forma de salir de aquí, aunque me pregunto, ¿Qué pasará ahora? ¿Qué pasará con nosotros? –Artanus miraba la majestuosidad de la ciudad, su hogar.

–No lo sé, pero seguramente comenzarán a buscarnos, ahora no sólo somos injustamente fugitivos sino enemigos de Terra.

–Entre tantos lugares escogiste la gran torre vigía, ¿Por qué?

–Por el sólo hecho de que es la torre de vigilancia más grande, fue construida para vigilar las afueras pero no hacia el lado de la ciudadela, jamás nos vieron subir, es algo irónico, ni sabrán por dónde huimos, aunque al llegar abajo seremos descubiertos por los Guardianes por lo que debemos de mantenernos juntos y ser rápidos.

–Voy a echar de menos a todos excepto a los cerdos que quisieron verme caer, estaré en guerra contra ellos, eso sin olvidar a los abusivos del reino de Rásagarth, cuando vea a uno yo...

–Tranquilo, amigo, ahora debemos enfocarnos en algo, ¿A dónde iremos? En cuanto bajemos allá seremos presas de todo servil Terrano, ya no son nuestros aliados.

–Cualquier lugar es bueno, no importa mientras haya luz.

–Así sea entonces amigo Artanus, aunque debes recordar que para poder apreciar mejor esa luz, debemos permanecer en la tranquila oscuridad.

–Muy poético pero por ahora el reto más grande es saltar hacia los árboles y no morir –Artanus volteó hacia los bosques que se encontraban a un peligroso paso de su libertad.

–Eso no será fácil Artanus.

– ¿Qué es lo que pasa Kralún? ¿Le temes a la muerte?

–Por supuesto que no, es solo que si sobrevivimos a una caída libre a cientos de metros hacia el bosque, y si en el caso de caer y sobrevivir libramos flechas y la persecución sin fin de los demás soldados de élite o Guardianes que anden por ahí esparcidos; las posibilidades de quedarnos sin aliento en los próximos cuatro acres es muy probable.

–Si de todas esas teorías tenemos algo a favor, entonces me arriesgo.

–Libertad o morir en el intento amigo.

– ¿Qué esperamos grandulón?

Artanus y Kralún se arrojaron al vacío con la esperanza de un nuevo comienzo. Todo lo que fueron alguna vez quedó atrás a cada metro que avanzaban en su caída libre. Sólo una persona era testigo de lo sucedido, los observaba desde una pequeña esfera de cristal, era el anciano quien los veía fijamente y apreciaba sus movimientos.

–No hay duda de que ustedes dos representan una gran pérdida para el temple Terrano, en parte me siento responsable de esto, perdónenme... –Mascculló el anciano que en ese momento se levantó de su lugar y salió al balcón para ver cómo corrían los soldados de élite en la persecución de esos dos amigos que crecieron cómo hermanos y que ahora vivían con un propósito distinto al que habían sido instruidos, ahora ellos eran enemigos de la tierra que había presenciado su nacimiento.

Se había dado la alarma en la ciudadela. En el templo, desde un balcón que abarcaba una magnífica vista de la ciudad, el anciano veía las calles y comenzó a sonreír por el sólo hecho de percibir el alboroto que habían ocasionado, pues jamás había visto a tantos soldados correr tan alarmados chocando unos con otros. A lo lejos podía ver a Tremis caminando con una expresión de confusión, mirando a los soldados correr hacia ningún lado por todos los pasillos, buscando alarmados al prisionero y a quien lo ayudó a salir.

–Sólo espero que vivan lo suficiente para continuar siendo virtuosos ahora en sus nuevos caminos– murmuró el anciano mirando el caos provocado por ese par de amigos quienes desertaron por sus propias justas razones las cuales dictaron una sentencia de destierro y persecución de por vida… la historia de su existencia en Terra como honorables soldados al servicio del Redentor sería borrada.

VIII
LA LLEGADA DE LOS HÉROES

Después de un largo tiempo de viajes y aventuras, por fin hubo señales de aquellos héroes que salvaron a ATIA de las manos del temible Insurrecto Deritán, el Libertador. Desde la gran torre avistaron la caravana, Terra abrió las puertas de sus murallas y los invitaron a pasar, los recibieron cómo lo que eran: héroes y salvadores.

La caravana se conformaba por un grupo pequeño de Anjanas y el joven Terrano Ramsus.

–Bienvenidas sean, heroicas doncellas de Aeros, el Rey las está esperando –saludó un soldado.

–Gracias noble soldado de Terra, ¿Podría llevarnos hacia allá? –Pidió Alia.

–Síganme.

Ramsus estaba con Riddel dentro de la carroza en la cual había transcurrido su viaje.

–En aquella posada es donde cocinan un delicioso pez de río –informó Ramsus.

Riddel se asomaba por la ventana y observaba algo que le provocaba mucha curiosidad.

– ¿Es ahí donde está el templo?

–Así es.

–Su templo está amurallado.

–Es porque nos aíslan de los profanos para que no intervengan.

–Ya veo, ¿Hacia dónde vamos en este momento Ramsus?

–Supongo que hacia el palacio real, al parecer nos llevarán con el Rey.

Al llegar al palacio real, Lord Herium y todos aquellos soldados los recibieron con gritos de júbilo. El rostro de Ramsus mostró sorpresa.

–Veo que ya se pasó la voz de lo ocurrido.

–Bienvenidas guerreras, siempre sutiles y valientes, no por nada provienen del reino elemental del viento, acompañadas por la joven y bella princesa Riddel y por Alia, su maestra y responsable de que esto fuera posible. Es un honor tenerlas aquí en nuestro reino, por supuesto no debe faltar aquel valiente cuyas habilidades conocí y por su presencia enorgullece a su casta, el nieto del gran maestro Guardián de Terra ¡Aximilim Ramsus! –Exclamó el Rey mientras todos comenzaron a festejar en honor a ellos–. Esta victoria celébrenla hoy, Terra festeja la victoria de ATIA.

Después de ser invitados a un banquete real con el Rey Terrano como anfitrión, Alia, Riddel y Ramsus, junto con las Anjanas fueron escoltados hasta el templo. Ahí también les esperaba el festejo por parte de la élite templaria, además de unas palabras, algo que ya se les había hecho costumbre en su viaje camino a Terra.

–Bienvenidas guerreras del reino del viento, bienvenido joven templario, este día es de gozo y júbilo pues ya no hay miedo en ATIA gracias a ustedes, su valentía los llenó de fuerza. Aun sufriendo circunstancias adversas nunca se rindieron, cumplieron con su misión, lo lograron –mientras el anciano continuaba con el discurso de bienvenida, Ramsus miraba hacia todos lados buscando a sus amigos–. "¿Dónde estarán?" se preguntó, pero no sabía que entre la multitud era observado por Tremis, quien se llenó de coraje al ver a Ramsus tomado de la mano de la princesa Anjana. No lo soportó y se retiró del lugar. Al terminar el discurso comenzó otro banquete en el templo, todos los guerreros de élite a excepción de los aprendices detuvieron sus labores para unirse a la celebración en los hermosos jardines del recinto.

Ramsus llegó con el anciano para presentarle a Riddel.

–Hijo mío has regresado –comentó al abrazar a su nieto.

–Quiero presentarte a Riddel, la princesa de Aeros.

–Es un honor conocerla, sabía que las mujeres de Aeros son bellas, pero usted me ha dejado perplejo.

–Me halaga, Gran Guardián de Terra, su nieto me ha contado tantas historias…

–Me sorprende que no haya enloquecido por todo lo que dice –dijo el anciano alegremente haciendo reír a la princesa.

En ese momento llegó Alia.

–Gran Guardián nos volvemos a ver –saludó con una reverencia al anciano.

–Alia, la heroica Comandante, recuerdo cuando eras una neófita de élite, una Anjana.

–No ha cambiado desde la última vez, señor.

– ¿Ya se conocían? –Preguntó Ramsus.

–Desde hace mucho tiempo, claro.

–Su nieto es único en combate; nos sorprendió.

–Ramsus tiene sangre guerrera cómo la de sus padres.

–Voy a llevar a Riddel a dar un paseo, no tardaremos.

–Espero no tarden hijo, el festival está por comenzar.

Ramsus llevó a Riddel a conocer las conocidas y románticas calles de la ciudadela Terrana.

–No he visto a mis amigos para presentártelos.

–Deben de estar en alguna misión.

–Eso es lo más probable Riddel, pues ellos hubieran sido los primeros en venir.

Después de un buen recorrido cayó la noche. Los dos enamorados se dirigieron al templo, ahí fueron recibidos por una joven templaria quien esperaba a Riddel para guiarla a su habitación en el edificio de mujeres, Ramsus decidió acompañar a su amada novia, al llegar la joven Terrana se interpuso en el camino de Ramsus.

–Joven Ramsus, no olvide las reglas, no se permiten hombres aquí, no importa rango o postura.

–Tranquila, lo entiendo, solo me despido y me retiraré.

En ese momento la joven Templaria se fue del lugar dejando solos al par de enamorados.

–El festival terminó y no estuvimos ahí, lo mejor será que nos vayamos a dormir Ramsus –Riddel asintió complacida –Ven, entremos –. Tomó la mano de Ramsus y lo guió hasta su habitación. Abrió la puerta y comenzó a encender las velas de las lámparas, Riddel se sentó en la cama y comenzó a tocar las sábanas.

–Estas telas son muy suaves, no hay mucha diferencia entre los templos de Terra y Aeros, la habitación es muy acogedora.

–Aún no has visto la ciudad desde aquí –Ramsus la llevó al balcón para apreciar la asombrosa vista de Terra durante la noche.

–Esta ciudad es bella y tranquila.

–Esto es sólo la mitad de lo que has visto, sígueme, voy a llevarte a otro lugar.

Salieron de la habitación y se dirigieron a la parte más alta del techo del templo, lugar a donde él acostumbraba ir.

–Nunca había visto la luna tan cerca y eso que el templo de Aeros está en las tierras más altas de los cuatro reinos elementales.

–Mira a tu alrededor, Riddel, aquí se pueden ver los bosques, mira cómo se iluminan.

–Hadas, cuando era niña siempre quise ser una por sus alas, son bellas y libres.

–Tú eres bella, no cómo un hada sino cómo un ser Celestial.

En ese momento comenzaron a besarse. Sin embargo, ignoraban que alguien los acechaba, no conmovido por los enamorados sino por los celos. Se trataba de Tremis, los veía con desprecio. Ramsus yacía distraído y no pudo notar a su amiga en uno de los balcones, mucho menos que a Riddel le habían asignado una habitación cerca a la de Tremis. "¿Cómo te atreves Ramsus? Tanto tiempo esperándote y con quién tuviste que llegar" –reclamó Tremis para sí misma observando, no hacía falta estar escondida entre la oscuridad. De cualquier manera no era notada por lo que solo permaneció ahí, dejando a los enamorados completamente solos a la luz de la luna.

–Todo este tiempo he estado pensando en cómo será mi destino, pues libre no me siento, desde que te conocí he sentido diferente mi vida, pero mi destino está escrito en la elección de mi padre; él quiere casarme con un príncipe en otras tierras para expandir sus riquezas; ni siquiera lo conozco, quiero estar contigo –dijo Riddel y abrazó a Ramsus.

– ¿Eso es lo que no querías decirme? Mañana te marcharás, cuando llegue el momento de despedirte quiero que pienses que no será la última vez que me vas, cada cierto periodo iré a visitarte, buscaré la manera de estar contigo, recuerda lo que hemos platicado.

–No es tan fácil Ramsus, estamos hablando del heredero del trono de Zórum, es hijo del Rey de Rásagarth, es la potencia más poderosa, nos buscará hasta el fin de la tierra.

–Si tan imponente y poderoso es el gran Nuster Menrick III Rey de

Rásagarth, ¿Por qué jamás resolvió la situación del Libertador desde antes? Incluso en esta incursión sus hombres eran más que nosotros y la mayoría huyó, todos se llevaron la misma gloria por los pocos que se quedaron a luchar y que merecen el crédito, sino pudo con eso supongo que conmigo tampoco y más si no llamara la atención.

–Tú no eres el Libertador Ramsus, no tienes un ejército que te proteja ni una locación secreta donde ocultarte de ellos.

–Tienes razón, pero no por eso me rendiría, jamás temería a desertar y mucho menos a temer ante nadie, por estar contigo escaparíamos a donde fuera, incluso con Alexus en Ignis.

–No lo había pensado Ramsus.

–Ahora con lo sucedido, Alexus me espera en Ignis, podemos escapar allá.

–Pero ¿Estás seguro de eso? –Preguntó Riddel temerosa –Entonces escaparemos juntos a otras tierras, lejos de todo esto, solos tú y yo–. Riddel sonrió y respondió con un fuerte abrazo.

–Absolutamente, dejar todo esto si es necesario para estar contigo, sólo que esto debemos calcularlo, tú y yo debemos mantenernos en constante mensajería, el día que te den fecha para ser desposada será el día que desertaré de aquí para buscar el lugar donde reunirnos y escapar, yo mientras veré si mi abuelo puede apoyarnos, de lo contrario contactaré a Alexus.

Riddel besó a Ramsus y los dos se acomodaron para seguir viendo brillar los bosques de Terra. Ya no tenían miedo de separarse, estar juntos era cuestión de tiempo y no había ninguna razón para ponerse tristes; esperaban el día de mañana con gozo pues ahora esta marcaba una cuenta regresiva para su infinita felicidad.

A la mañana siguiente, Ramsus notó algo diferente, no estaba en su lecho sino en el de Riddel, con ella a su lado.

– ¡Despierta! Nos quedamos dormidos –exclamó Ramsus e hizo que Riddel despertara de un salto.

–Debe ser tarde, vístete, démonos prisa, corre Ramsus.

Después movilizarse rápidamente por casi todos los pasillos del templo, Ramsus y Riddel apretaron el paso para buscar al resto de sus compañeras y a la maestra Alia en las afueras del templo.

–Allá están, actúa normal –Riddel apuntó a las puertas del templo, allí estaban las Anjanas esperándola.

–Bienvenida princesa, justo a tiempo –dijo una Anjana haciendo una reverencia a Riddel.

–A tiempo, me agrada escuchar eso.

–La Comandante Alia aún no llega, nosotras nos reunimos hace unos minutos, no ha de tardar.

–Quedémonos aquí para esperarla, Ramsus.

Después de esperar un rato, finalmente Alia bajó las escaleras de la entrada del templo.

–Disculpen la tardanza, estuve con el anciano conversando sobre lo ocurrido, veo que también ocurrieron cosas ayer con su ausencia –comentó Alia al notar a Ramsus despeinado con su equipo mal abrochado –sólo espero que no me de sorpresas princesa.

–Descuide maestra… –respondió algo apenada.

–Joven Ramsus ha sido un honor haberlo acompañado, el lugar, su hospitalidad, la gente de Terra, tenga por seguro que regresaremos.

–No habría mejor forma de sentirme feliz con lo que dice maestra Alia, muchas gracias por haberme apoyado allá.

–Gracias a ti por tu inmensa ayuda, eres bienvenido a Aeros cuando gustes –se despidió con una reverencia dejándolo con Riddel.

–Ha llegado la hora de despedirme Ramsus –dijo Riddel.

–Recuerda que no es una despedida Riddel.

–Princesa, nosotras nos iremos en la carroza –señaló Alia.

–Está bien maestra Alia, voy para allá, nos vemos Ramsus, espero que sea muy pronto, por cierto, tengo algo para ti–. Riddel sacó un objeto de su bolso envuelto en un pañuelo, lo descubrió y dejó relucir un brillante de color azul.

– ¿Qué es? ¿Una joya?

–Es una piedra del elemento agua, nunca encontrarás otra igual, sólo las diosas del mar las poseen y ahora es tuya.

–Riddel… yo… gracias… cada vez que la vea pensaré en ti.

Riddel besó la piedra de mar: –un beso inmortalizado en una joya para ti amor mío –comentó mientras le entregó tan invaluable obsequio.

–Gracias, esto es para ti– Ramsus se quitó la cadena que tenía un dije cómo insignia, condecoración única entre los guerreros de élite.

– ¿Qué significa?

–Es una condecoración especial, única por ser un campeón en Terra, es un emblema único; igualmente me recordarás cada vez que la veas–. En el emblema tenía el nombre de Ramsus y una espada cubierta por una capa de cristal.

–Lo usaré siempre para recordar este día–. Ramsus y Riddel se dieron un beso de despedida, un beso especial, significaba la promesa de un amor próspero y sincero.

–Esperaré tu mensaje, Riddel.

Subió a la carroza y lo miró desde la ventana. En ese momento llegó Alia para despedirse de Ramsus nuevamente.

–Joven Ramsus, espero volverte a ver, pero no en tiempos de conflicto sino en paz y tranquilidad.

–Fue un gusto luchar a su lado y espero que así sea–. Ramsus estrechó la mano de Alia: –noto que la princesa está alegre, eso es gracias a ti, solo que hay una situación, en tiempos de conflicto una Anjana puede enamorarse porque puede morir, yo te permití estar con ella porque tal vez hubiera caído, pero no fue así, ahora todos estamos bien, por lo que espero usted no haya roto uno de sus más importantes juramentos sobre la familia real, hablaré con ella sobre la situación pues es muy probable que en estos tiempos su mano sea tomada y usted ya no tomará partido ahí, esto es parte de la tolerancia de las castas nobles, lo siento –comentó a Ramsus mientras él acataba con la mirada baja.

–Gracias maestra –respondió animoso.

–Yo siempre estaré para protegerla, mi propósito es guiarla, qué el Redentor te de la sabiduría y el camino para tu perpetua felicidad.

–Así sea –musitó con la mirada perdida mientras que Alia dio media vuelta y se retiró.

Alia subió a la carroza con Riddel, Ramsus le sonrió para disimular el amargo momento.

Después, la caravana se alejó lentamente. Ramsus se quedó de pie hasta no verla a lo lejos, después miró la piedra preciosa, la empuñó con fuerza y se fue caminando rumbo al templo. Llegó hasta su habitación y se recostó en su cómoda cama la cual había extrañado durante esa misión, mientras veía la joya, recordaba los momentos mágicos pasados con su amada Riddel, ese sueño ya había acabado, ahora debían regresar a la realidad de sus vidas aunque no definitivamente.

"Bueno, al parecer todo volverá a ser como antes", dijo silenciosamente. Después de un momento salió de su habitación para ir con el anciano y tan pronto cerró la puerta escuchó una voz:

–Vaya, ahora que no está tu novia vas a ponerte a trabajar para el temple –Ramsus volteó y miró a Tremis.

–Tremis… pensé que…

–No pensaste, querrás decir –interrumpió a Ramsus–. No tienes idea de lo que ha pasado, esperé tanto tu regreso para contártelo, y te encuentro con una Anjana, era lo más probable…

–Déjala en paz, por favor, ¿Dónde están Artanus y Kralún?

–Es lo que esperaba decirte…

– ¿Qué pasa? ¿Dónde están?

–Primero responde algo Ramsus ¿Es porque ella es bonita o porque no es de Terra?

Tremis intentó molestar a Ramsus.

–Dime ya, por favor responde.

Tremis le dio la espalda y comenzó a retirarse lentamente.

–Desertaron Ramsus, fallamos una misión y ellos pagaron las consecuencias, te recomiendo que antes de estar enamorando a mujeres de otros reinos recuerdes que esto es muy delicado –mientras se retiraba Tremis dejó a Ramsus perplejo por el comentario. Después de lo sucedido, Ramsus subió a uno de los techos del lugar, se le podía apreciar afligido, vacío, los dulces momentos se tornaron amargos por lo que Tremis le dijo, de un momento a otro todo cambió. Abatido por la noticia bajó del techo y buscó al anciano para enterarse de lo ocurrido en su ausencia. El Gran Guardián estaba en la sala principal escribiendo sobre un pergamino.

–Tenemos que hablar –dijo Ramsus algo serio.

– ¿Qué sucede?

–Es sobre mis amigos, ¿Qué les pasó? –Preguntó directamente al anciano, quien respondió con la mirada baja:

–Así que ya te dijo Tremis, no quería decírtelo antes porque estabas con la princesa de Aeros, un tema que debo tratar contigo.

–No puede ser, justo ahora abuelo.

–Artanus y Kralún faltaron a sus juramentos, sé como debes de sentirte.

–Tremis no me lo ha dicho todo abuelo…

–Te entiendo, cuando eres iniciado recuerda que juraste ante un Ara con nuestro código más sagrado "Las escrituras de Degithab" la herencia de los hombres de la tierra primigenia antes de ser llamada ATIA, esta contiene los mandamientos y la ley de los templarios Atianos, la verdad me siento avergonzado por no haber hecho algo por ellos pero hay situaciones más delicadas que seguir los designios de la ley.

–Entonces también se faltaría a la ley si no se obedece.

–Esto es algo muy delicado que no puedo decírtelo aquí, pero actuamos para apoyarlos aunque fue demasiado tarde, antes de dar signos de ayuda mediante un plan, ellos desertaron, simplemente se marcharon.

–Entonces todo se resume a las decisiones del Rey, él nos recibió el día de ayer, parecía buena persona.

–Lo es, pero también debe proteger su reino y debe tomar decisiones duras y a su vez injustas, Artanus había sido condenado por decisiones del lord Herium, Kralún dejó todo para escapar juntos, desgraciadamente ellos estaban entre dos pilares los cuales los juzgaron, mi presencia es simbólica pero el poder y recursos de ellos me desafiaría.

–Entonces ¿Les temes?

–No, Ramsus, pero su presencia amenaza a inocentes, somos parte de un equilibrio que no debe ser manchado, el Rey tiene un poder vasto pero puede limitarse, pero entonces dónde quedaríamos nosotros si Rásagarth entra al conflicto, esto es un tema delicado y caótico por lo que no era conveniente que un templario desatara tal condena.

–Ahora estoy confundido y tal vez decepcionado…

–Acerca de la princesa Riddel, muchos a los que le demostraste tu cariño desconocen que ella es la princesa del reino de Aeros, ni Obed lo sabe, pero te advierto que debes de tener cuidado pues tu labor es más importante, de enterarse el Rey, mandará a ponerte ante sus columnas Ramsus.

–Abuelo, entiendo esa situación pero si ella eligiera dejar todo y salir de ahí…

–No es tan fácil cómo crees, la princesa será una Anjana siempre y eso tiene una doble responsabilidad, no sólo faltará a los designios de su padre, si no también al temple, necesito que me acompañes a la arena del templo, ahí hablaremos de ello.

Al paso de unas horas, casi comenzó a anochecer, entre los pasillos se encontraba Tremis quien se encontró con el Gran Guardián.

–Señor Gran Guardián.

–Tremis ¿Qué sucede?

–Estoy buscando a Ramsus.

–Platiqué con él esta tarde en la arena del templo, ahí se quedó entrenando, supongo que sigue ahí desde que le conté lo ocurrido con Artanus y Kralún, la noticia le cayó muy fuerte, está desilusionado de Terra y tal vez de mí también por no haber hecho más de lo esperado, él te necesita Tremis, ahora eres tú lo único que le queda aquí.

–Lo haré Gran Guardián... me siento como una tonta.

–Somos humanos, nos equivocamos, caemos… depende de nosotros levantarnos.

–Iré de inmediato Gran Guardián... gracias.

Tremis corrió hasta la arena. Al llegar lo encontró blandiendo su espada de forma increíble entre varios jóvenes. Tremis lo observaba desde uno de los lugares donde se sentaban los espectadores, veía cómo cinco de los recién iniciados lo atacaban y él con su habilidad especial rechazaba sus ataques rápidamente.

–Es usted muy rápido ¿Cuántos años de preparación y experiencia en combate se necesita para poder hacer eso? –Preguntó uno de los jóvenes.

–Es sólo entrenar supongo…tengo la misma edad que tú, sólo se trata de tener amor a lo que uno hace –explicó Ramsus.

–Es formidable, por eso ese monstruo no pudo contra usted, no entiendo porque no hicieron una celebración más grande –lo alabó otro de los jóvenes iniciados.

–La verdadera satisfacción está en uno mismo, ya que nuestra obligación es cumplir con un deber… por hoy terminamos, luego les enseñaré algunas formas nuevas de manejar la guardia que aprendí, porque hay algo que les puedo decir por experiencia "jamás dejas de aprender" –Ramsus se despidió de los cinco soldados templarios, envainó su acero y se sentó en una banca para beber agua y descansar. Repentinamente llegó Tremis.

–Ramsus… hola… ¿Cómo estás? … –saludó mientras Ramsus miraba al frente –sé como te sientes, vengo a disculparme, actué de una forma indebidamente inmadura, lo siento, si aún sigues enojado simplemente me iré, no necesitas más de toda esta situación.

–Ya me enteré de todo Tremis, sé todo lo que pasó y por lo tuyo no hay problema, eres cómo mi hermana.

Tremis sonrió y se sentó al lado de Ramsus: –nunca creí que pasaría algo cómo lo del otro día, lo de Artanus y Kralún.

–Esos abusivos de Rásagarth con su lema: "Si no estás con nosotros, eres nuestro enemigo…"

–Es cierto, son injustos, sólo espero que estén bien, hasta ahora no hay noticias de su captura.

–Par de locos, lo estarán, son Artanus y Kralún, juntos son más peligrosos que todos los templarios de Terra.

Tremis comenzó a sonreír.

–Por cierto, el abuelo dijo que mañana nos tiene algo preparado, aún no sé qué es, pero mañana nos lo dirá, no puedo esperar, caminemos un poco.

–Bien, Axi –dijo Tremis mientras veía a Ramsus con entusiasmo.

–Extrañaba tus palabras.

Ramsus caminaba con Tremis fuera de la arena para conversar todo lo ocurrido en su misión.

–Cuéntame cómo es ella, hablo de tu novia–. En el camino hasta el templo, Ramsus le contó a Tremis todo lo vivido en esa aventura en el cañón de Kraznang.

– ¿Los soldados de Ignis hicieron todo eso? –Preguntó impresionada por cada fragmento de la historia contada por Ramsus.

–Eres un verdadero héroe, deberían condecorarte.

–Antes llegué a pensar en eso, pero ahora me doy cuenta que no debo esperar nada de los monarcas más que una acusación de traición.

–Sobre Riddel, cómo no te iba a amar si la salvaste; tuviste miedo de decirle lo que sentías, y mira hasta dónde llegó todo, entonces ¿Piensas traerla aquí?

–Ya no lo sé Tremis, no con lo que me dijo mi abuelo.

–Si necesitas algo yo te voy a ayudar Axi.

–Gracias Tremis, sé que lo harás.

–Por cierto, Runah, Maudy y Anumho fueron iniciados en estos días.

–No los recuerdo, ¿Quiénes son?

–Runah es la joven que le gustaba a Artanus, su cabello es largo y castaño, le gusta manejar el arco y es muy sarcástica, también muy alocada, ¿La recuerdas?

– ¿La que saltó dos pisos del templo sólo para caer en los brazos de Artanus y aterrizó en Kralún?

– ¡Sí, ella misma!

–Cómo olvidarla. Después de eso Kralún siempre volteaba hacia arriba de cada balcón al salir… sobre Anumho… no recuerdo quién es.

–Anumho, es el inteligente y reservado chico que nos ayudó con una técnica defensiva cuando éramos aprendices hace ya tiempo, también te ayudó a resolver una situación teórica en la clase, y debo decir que en el primer examen también.

–Déjame recordar, Tremis, creo que sí, el joven que pasaba todo el tiempo libre viviendo en los libros, que resolvía todos los problemas de la vida diaria con cálculos matemáticos, que nunca habla a menos que sea para responder una pregunta difícil; por cierto, sólo me ayudó con una parte teórica de ingenio; sí lo recuerdo, también me pregunto si sabe manejar armas.

–También debes recordar a Maudy, alto, muy alto por cierto, delgado, cabello corto –¿El que se estrelló contra una de las lámparas de las instalaciones del templo y lo obligaron a reacomodarla? Cómo olvidarlo si yo vi cómo se dio semejante golpe.

–El mismo, por cierto ninguno de los tres pasó el sexto examen para su exaltación.

– ¿Por qué los mencionas tanto?

–Es que debido a la ausencia de Artanus y Kralún ellos vinieron para animarme, ahora hacemos equipo, ¿Qué te parece?

–Mientras más seamos mejor, no cualquiera pertenece a nuestro equipo, pero si ellos hicieron eso por ti, bienvenidos.

Mientras conversaban, llegaron aquellos soldados de quienes estaban hablando.

–Hola Tremis; Ramsus, qué bueno verte por aquí de nuevo –saludó Maudy, un joven sobre al que realmente nadie mentía cuando decían que era alto, pues en verdad lo era–. Tenía el cabello corto y oscuro, era de tez blanca y ojos negros, una persona tranquila y agradable.

Después lo saludó Anumho, delgado de altura media, tez blanca, cabello oscuro y ojos claros, estos se notaban más por el aumento de sus anteojos. Era tranquilo e inteligente, excelente estratega, pero no le gustaba estar encerrado haciendo planes, pues al igual que Maudy tenía una fascinación por la batalla cómo Ramsus. Luego se presentó Runah, extrovertida e inquieta, algo rebelde, pues era bien portada, sólo que su inquietud hacía que se metiera en problemas. Era de estatura media, tez blanca, cabello largo y ondulado, ojos cafés claros, una chica lista para divertirse en cualquier momento.

–Aximilim Ramsus, el guerrero ejemplar de Terra, es un gran honor verte, y vaya que sí es un honor ver a semejante templario guapo –Runah miró a Ramsus de pies a cabeza.

–Gracias por el cumplido y todo eso, Runah.

–Lástima que ahora mi Artanus ya no está aquí.

Todos vieron a Runah por su comentario.

–Runah siempre tan imprudente –dijo Maudy.

–Bueno… yo…

–Tranquila Runah, no ha pasado nada –comentó Ramsus sonriente.

Los cinco amigos platicaron durante un buen rato hasta que llegó un soldado de élite.

–Joven Ramsus, el Gran Guardián lo busca, dice que es importante, lo espera en la sala principal.

–Disculpen… –Ramsus se levantó y corrió hacia donde estaba su abuelo– .Al llegar a la sala principal buscó al anciano, repentinamente escuchó su llamado:

–Ramsus, por aquí.

– ¿Qué sucede?

–Espero que hayas descansado porque debo decirte algo, tengo otra misión para ti, mañana habrá una reunión con los maestros, quiero que asistas para darte los detalles de tus nuevas encomiendas pues ha comenzado una etapa de tareas de las cuales serás el indicado a realizar.

–Lo tendré en mente ¿Eso es todo?

–No hijo, también quiero darte esto… –el Gran Guardián levantó su mano derecha y la estrechó en su nieto como signo de respeto y agradecimiento.

–Lo que ocurrió allá afuera me ha enorgullecido, la maestra Alia de Aeros me contó todo lo que ocurrió allá, tu misión interrumpida, tu contacto con los Ignianos, tu indispensable apoyo a Alia en una misión que nadie creyó lo que pasaría, no sólo trajiste el paquete sino que erradicaste un mal que por años hizo templar los cuatro puntos cardinales de ATIA, tu labor y valor ha devuelto la paz a todos nosotros, eres un hombre muy valiente y algún día serás un gran maestro Ramsus.

–…Gracias abuelo.

–Sé que durante ese viaje te enteraste de muchas cosas y lo más viable es que mereces una explicación hijo ¿Gustas sentarte a charlar un poco?

–La historia de mi madre, mi padre, la verdad se me mostró en pequeñas tandas de versiones diferentes y algo confusas.

–Alia me dijo que era necesario que supieras la historia de tu pasado, pues ha llegado el momento de que lo sepas.

–Abuelo…

–A la gloria de nuestro Redentor y por la vida que me ha otorgado te estoy agradecido porque tú has cerrado un ciclo de terror y sufrimiento, tu madre era Igniana, conociste a tu primo Alexus, hijo de Torok, hermano de tu madre, hasta donde sé, tu padre era un misterioso guerrero que llegó a ser un gran amigo de ellos, en el conflicto de Galock el palacio estalló, nadie encontró a tus padres, Torok juró encontrar al responsable pero poco después él cayó.

–El Libertador…

–Así es… y tú lo has derrotado, lo destruiste y por fin las almas de esos tres grandes amigos ahora descansarán, la justicia trascendió en ustedes y ahora concluyeron lo que él inició alguna vez, te esperan grandes proezas, nuestro Redentor te guiará y hará de ti un ejemplo a seguir para hacer el bien, jurando proteger y luchar, te hará un mejor hombre, un mejor maestro y algún día un legendario templario, por la paz, para que ATIA sepa que hemos estado en su divina presencia.

Esa noche Ramsus había unido todos los eslabones de su pasado, ahora en su presente sabía que nada de lo ocurrido fue fácil, ahora no estará solo, pues Tremis y tres amigos más lo acompañarán en sus nuevos desafíos aunque debía tomar decisiones sobre su experiencia sentimental y su deber como Paladín, las pruebas que le esperan cada vez incrementarán su grado de peligrosidad por lo que debía ser cuidadoso, pues el camino del guerrero maestro de las armas no es fácil, la exaltación compromete algo más que el valor, Ramsus deberá estar preparado por el bien de la fe en sus ideales y de ATIA.

IX
MISIÓN AL REINO DE ZÓRUM

Una hermosa mañana envolvía las comarcas de Terra, día perfecto para comenzar un nuevo reto. Muchos de los jóvenes soldados entraron a la sala del templo para pedir la bendición a su Redentor y salir después a lo que sería su próxima misión. Después de plegarias y oraciones, Ramsus y su equipo se prepararon y subieron a sus caballos para dirigirse rumbo a Zórum donde les esperaban nuevas travesías y retos por superar. Para no perderse, este grupo de intrépidos valientes era escoltado por un guía experto en caminos lejanos.

Después de horas de cruzar llanuras, ríos y bosques frondosos, el grupo de templarios llegó a un hermoso y amplio valle, pero algo llenó de asombro a Ramsus y a sus acompañantes.

–Estos pastos destellan un color verde –observó Tremis.

Anumho bajó de su corcel para verificar.

–Son piedras verdes, cristales.

–Esmeraldas tal vez, entonces juntémoslas, ¡Seremos ricos! –Exclamó emocionado Maudy.

–No se trata de joyas o algo parecido, es sólo un bello mineral producido por estas tierras, pero tienen un maná almacenado, en las noches estos cristales se iluminan; estas piezas son pequeñas, bajo tierra son más grandes, esas son las que tienen valor. En las minas del Rey de Zórum se extraen los pedazos más grandes para utilizarlos como iluminación durante las noches; en Zórum el fuego empleado para iluminar se acabará pronto –explicó el guía.

– ¿Por qué no funden las piezas pequeñas para forjar una grande y así aprovechar todo? –Preguntó Maudy.

–Lo intentaron una vez, pero al quebrarse perdieron su magia, si se queman o se rompen estos cristales pierden su luminiscencia, por eso los extraen completos, sólo puliéndolos pueden conservar su magia aunque ha habido algunos alquimistas que han logrado crear maravillas con ellos.

–Me llevaré algunos –dijo Anumho.

–No te preocupes, podrás hacerlo después, ahora tenemos que ir allá de inmediato –exhortó Ramsus.

–No se preocupen, ya falta poco, Zórum está al otro lado de esta colina, después de subir la bajaremos para llegar, es un lugar bello, les fascinará –dijo el guía–.Tan pronto subieron a sus caballos continuaron el viaje. No tenían idea de lo que estaban por ver. En cuanto subieron por la colina quedaron sorprendidos.

–No veo nada, hay un gran resplandor por allá –señaló Ramsus.

–Es cierto, su reflejo encandila –confirmó Tremis.

–Hacia allá, donde se ve ese resplandor verde es a donde iremos, Zórum está rodeado de montañas y valles, no podemos cruzarlas, pero hacia abajo hay un pequeño acceso que nos llevará directamente a nuestro destino, síganme –ordenó el guía.

Bajaron por un camino peligroso e inestable por la gran cantidad de piedras sueltas, pero era el único atajo. Al llegar hasta abajo el guía los llevó hasta una caverna, no tuvieron problema con la oscuridad ya que la cueva estaba iluminada por las piedras que emanaban luz, por lo que transitaron todo su camino iluminado. Después de un rato explorando, lograron ver algo de luz solar, significaba una salida y un alivio para Runah, quien comenzaba a sentir desesperación de estar en ese sitio.

Al salir observaron otro amplio paisaje rodeado de montes rocosos, sólo había un camino y se dirigía hacia Zórum.

–Sigamos adelante, casi llegamos –dijo el guía.

Después de recorrer los verdes pastos, finalmente llegaron a su destino, enfrente de ellos estaban las murallas protectoras el reino.

–Es aquí –señaló el guía.

Desde que se acercaban, un soldado vigía que custodiaba la muralla los observaba y no lo pensó dos veces para abrir la enorme puerta; estaba bien informado y sabía quiénes eran aquellos guerreros venidos desde Terra para ayudarlos.

–Bienvenidos sean guerreros de Terra –saludó el soldado y en ese momento dio la orden de abrir la segunda sección de murallas.

Ramsus y sus amigos estaban ansiosos por ver lo que había del otro lado.

Al abrirse la siguiente sección, Ramsus, Tremis, Runah, Anumho y Maudy observaron boquiabiertos al observar lo que albergaba tan majestuoso lugar. Una hermosa ciudadela en donde cada casa había sido levantada con rocas, un pintoresco y rústico reino donde la naturaleza había reclamado gran parte de este; era como un jardín dentro de una ciudadela en un paraíso. Ramsus quedó maravillado pues veía diversos seres coexistiendo en cada muro o árbol del lugar, aves, hadas, criaturas arborícolas de toda clase de fauna revoloteando y trepando por el lugar y sin temor a ellos.

–Este lugar es realmente hermoso –dijo Tremis al ver el reino de Zórum.

–Bajando por este camino llegaremos al castillo, síganme –exhortó el soldado.

Al caminar por las calles, sus habitantes saludaban al pequeño grupo; al bajar por el camino Ramsus seguía impresionado, había una hermosa cascada que se apreciaba de cerca.

–Este lugar es magnífico, ¿No lo crees Ramsus? –Arriesgó Maudy.

–Ahora veo porque está amenazado, pudiera no ser por las piedras sino por su belleza.

El lugar era hermoso, la cascada también, pero ninguno de esos valientes y nobles guerreros había visto lo mejor: el castillo, una fortificación cubierta de plantas, hierbas y toda clase de vegetación; parecía una edificación antigua. Lo más impresionante era el enorme cristal verde empotrado hasta el techo de la torre más alta.

– ¡Mira el tamaño de ese cristal! –Exclamó Maudy.

–Si tuviera el valor de una esmeralda compraríamos otro reino –Runah dejó ver una mirada ambiciosa.

–Puedo ver tus ojos, Runah, pero tranquilízate, esto no tiene valor, además no creo que lo puedas robar –sentenció Anumho.

–Si esto les parece hermoso, esperen a verlo de noche –advirtió el guía.

–Finalmente hemos llegado, pero tengo una pregunta, este lugar ya era antiguo, o ¿Me equivoco? –Preguntó Tremis.

–Este lugar tiene muchos siglos de abandono, pero con la llegada de Zórum y su reino ahora estará protegido; alguna vez perteneció a los Golbedianos, valientes elfos que lucharon a favor de ATIA, nadie los volvió a ver, ahora fue reclamado por Lord Nuster y entregado a su hijo Zórum, de ahí su nuevo nombre y su legado, conservando así su belleza y majestuosidad –respondió el guía.

En ese momento los guardias les dieron el paso y la bienvenida con un saludo militar.

–Saludos, guerreros de Terra, el Rey estará feliz de verlos –dijo uno de los soldados.

–El soberano Rey nos está esperando, sigamos adelante –apuró el guía.

Al entrar al castillo pudieron apreciar que por dentro no era tan antiguo como se veía en su exterior.

–En este lugar pasas de un tiempo a otro –señaló Tremis, mientras Runah veía las piezas de arte esparcidas en la estancia–. Ramsus, Anumho y Maudy observaban las imponentes armas que adornaban las paredes del castillo.

–Este lugar no está muy custodiado como creí señor guía.

–Es porque las tropas están de guardia protegiendo la construcción de la muralla joven Ramsus, la seguridad es algo de lo que adolecemos en este momento –Respondió.

Después de caminar por los pasillos del castillo finalmente llegaron con el Rey. En un gran trono de piedra, al parecer antiguo, se encontraba sentado el Rey Zórum, un hombre tan joven como Ramsus.

–Bienvenidos sean, jóvenes guerreros de Terra. Soy el Rey Cástor Zórum, hijo segundo de Nuster Menrick, Rey soberano de Rásagarth. Es un honor tenerlos aquí, espero que sepan el motivo por el cual solicité la ayuda del temple, sino es así entonces les explicaré; aunque estas tierras tienen milenios, mi reino es nuevo, llevo alrededor de quinientos días y quinientas noches construyéndolo para expandirlo, hablo de poner cimientos nuevos bajo los viejos para no dañar su estructura externa, todo iba bien hasta que llegaron ellos, los "invasores de campos", así se hacen llamar, un grupo numeroso de bandoleros que sólo quieren ahogarnos en el terror. Durante un tiempo pudimos con ellos haciéndolos huir, pero regresaban cada vez con más gente, llegó el momento en que se volvieron un ejército y ahora nos amenazan; mi padre ha enviado apoyo pero llegará en unas semanas, no tengo ese tiempo para proteger mi reino si ellos regresan, por eso les pido ayuda. Esperaba un batallón de Terranos, sin ofender, aunque yo tengo fe en comentarios de quienes los enviaron, confío en que ustedes podrán por lo menos para protegerme aquí en lo que se termina el muro principal hacia el oeste –explicó el Rey.

–Claro que podremos, aunque si nos lo permite, por nuestro entrenamiento y trabajo en equipo nos gustaría encarar a ese grupo de salvajes –alardeó Maudy.

–Había escuchado sobre el exceso de confianza de los Paladines Terranos –comentó incrédulo.

–Por su puesto su majestad, tenemos al campeón legendario Ramsus –insinuó Maudy mientras que Ramsus simplemente veía a los ojos.

–El campeón legendario del reino Terra, no puedo, ¿Quién de ustedes es? Su fama se expande soldado Ramsus.

–En pié y al orden soberano Rey –responde Ramsus dando un saludo militar Terrano.

–Increíble, la Leyenda del Terrano con ojos escarlata está aquí; pues entonces, si están dispuestos a enfrentar al enemigo cuando aparezca, que así sea.

–Supongo que Ramsus no tiene ningún impedimento, sólo debemos saber algo, ¿Por qué los atacan? ¿Cuál es el motivo? –Preguntó Anumho.

–Nos atacan porque quieren las riquezas de mi reino. Alguna vez les hice esa pregunta y ellos la contestaron: mataron al mensajero. Desde entonces sus agresiones han costado la vida de mis arquitectos y soldados; los pobladores han intentado irse pero ellos los atacan, sólo pocos regresan, hemos protegido la brecha norte, pero la brecha oeste está desprotegida, he enviado a muchos de mis soldados y guardias para defenderla mientras construyen la muralla que protegerá por fin el reino y así vivir en paz; no importa cuál sea la fuerza enemiga, esas murallas serán impenetrables, eso si consigo construir la última sin que lleguen en horda todos –advirtió el Rey–. Sus ojos se veían cansados pues era obvio que ese problema le arrebataba el sueño desde hace tiempo.

–Lo ayudaremos con gusto a usted y a su pueblo, los protegeremos hasta que terminen su muralla –concluyó Tremis.

–Vayamos entonces hacia donde está la muralla que hace falta terminar, dentro de poco pueden atacarnos y desde aquí no podremos hacer nada para ayudarles –sugirió Ramsus. Esta forma de expresarse llamó la atención de sus amigos, su mirada se veía fría al igual que se escuchaba su voz.

–Llévenlos hacia donde está la construcción –el Rey ordenó a sus guardias.

En el camino Tremis mostraba una expresión de duda cada que veía a Ramsus.

– ¿Qué te pasa? Te escuchas prepotente…

–No me siento cómodo Tremis, hay algo sobre este Rey que no conoces.

–Eso es lo menos importante ahora, nuestra misión es protegerlos.

–Sea como sea no te afecta a ti, hagamos esto rápido y a su manera, sólo quiero que esto termine.

Tremis miró a Ramsus serio, renuente, había algo en el Rey Zórum que a Ramsus le desagradaba, mientras todos continuaban su camino Tremis aprovechó el momento para rezagarse un poco y discutir la situación con él.

–Bien, ahora explícame Ramsus.

–Solo espero que esto termine pronto, quiero acabar con esos sujetos para irme de aquí.

– ¿Se puede saber que te ocurre? ¿Por qué te molesta tanto la presencia del Rey? –Cuestionó Tremis ya molesta.

–Está bien Tremis, te lo diré…

–Excelente… habla ya…

–La mano de Riddel ya fue pedida.

–Lo entiendo Axi pero eso es una situación de la que tú ya estabas consciente, ¿Para cuándo se casará?

–Su prometido tiene problemas grandes, una vez resueltos dará fecha de los preparativos de la boda, no puedo creer que pase esto.

–Ya veo, te entiendo Axi…

–No creo que aún lo entiendas Tremis.

–Pero ¿Por qué no? ¿Qué clase de problemas debe enfrentar?

–Construir la muralla del oeste de su reino para tener una zona segura para su futura esposa…

– ¡No! ¿Estás hablando enserio? –Cuestionó estupefacta.

–Riddel me lo dijo hace días, ahora me entiendes.

–No puedo creerlo.

Ante la incómoda noticia, Tremis descubrió por qué su amigo actuaba de tal manera.

– ¿Curioso no? Estoy desempeñando una misión donde ayudaré al prometido de la doncella que amo en secreto para ayudarlo a tener un lugar mejor para vivir, una vez erradicando a quienes lo amenazan será cuestión de tiempo para que termine esa muralla y así casarse con ella.

–Tienes buenas razones para sentirse así.

–Sólo concentrémonos en lo que debemos hacer, ya se me ocurrirá algo.

–Jóvenes no se queden atrás, sigamos, el camino es por acá –manifestó el guía quien regresó por ellos para llevarlos a su destino.

Al salir del palacio llegaron a su ciudadela, mientras el grupo de héroes era llevado hacia donde estaba la otra muralla, el guía se separó del equipo.

–Ha sido un honor traerlos hasta aquí, espero que todo salga bien, soldados, en cuanto a usted, joven Ramsus, buena suerte, sé qué hará un gran trabajo.

–Gracias señor, espero volver a verlo para que nos guíe de nuevo a casa, la verdad no recuerdo el camino –dijo Maudy.

–Así será, pero ahora debo ir por otro camino, nos veremos soldados –finalizó el guía mientras se perdía entre la gente que circulaba por las calles.

–Buena suerte –musitó Ramsus.

Después de caminar por las calles llegaron hasta un pequeño acceso por la montaña, entraron por una caverna la cual ya estaba adaptada con iluminación. Luego de pasar por ahí arribaron a otro campo rodeado de montes rocosos, pero adelante podía apreciarse el levantamiento de una construcción.

–Es por ahí –dijo uno de los guardias que los escoltaba.

–Aquí hay señales de batalla, miren esos maderos quemados –observó Anumho a su alrededor.

Al llegar al pequeño campamento fueron recibidos por un oficial.

–Bienvenidos, guerreros, mi nombre es Gabreck, soy General de estas tropas y el encargado de proteger esta muralla –saludó el General, un hombre ya mayor, con la experiencia en su rostro, aunque se veía algo nervioso.

–Mucho gusto, General, mi nombre es Aximilim Ramsus, templario de la fuerza de élite del Reino Terra, y este es mi grupo. Conocemos el motivo por el cual nos llamaron, por eso quiero expresarle mi más ferviente disponibilidad para poder apoyarle en esta situación, solo deme la dirección, la autorización para de una vez por todas acabar con esas amenazas que le arrebatan el sueño –dijo Ramsus formalmente.

Tremis y sus compañeros sabían lo que decían pero el oficial simplemente lo vio como un chiflado.

–No cuestiono su rango, mucho menos su experiencia, pero debería pensarlo dos veces antes hacer ese tipo de comentarios, estamos hablando de dos mil amenazas no unas cuantas –aclaró el General.

–No es sólo un comentario, General, lo noto algo temeroso, es momento de que tome un descanso, nosotros nos haremos cargo, ahora cuéntenos, ¿Cómo son, de dónde vienen, cómo pelean?

–Está bien, síganme, en esta tienda están nuestros estrategas, ahí les contaré.

Dentro de la tienda el oficial al mando respondió a todas las preguntas de Ramsus.

–Han dejado de construir su muralla por un grupo de bárbaros que los molestan, ¿Cierto? –Preguntó Ramsus.

–Esos salvajes eran cientos, ahora nos superan en cantidad, eso sin dejar a un lado su físico, son más fuertes que nosotros.

–Ya veo, a veces no es necesaria la fuerza para acabar con un ejército, ahí entro yo. Con nosotros será suficiente desde la planicie al frente, pero necesitaré que sus hombres protejan la construcción para que ninguno entre, también a todos sus arqueros, los acabaremos a todos de una vez por todas.

–Sin ofenderlo, señor, pero son sólo cinco al frente, la última vez casi llegaron dos mil enemigos, incluso con mis arqueros no habrá abasto para contrarrestar a todos en una sola intervención.

–Tengo a la mejor arquera de Terra, al mejor maestro de hachas y al mejor soldado de infantería y un genio estratega, eso sin mencionar a la mejor maestra de espada que ha habido en todo el norte; ahora ¿Quién tiene la desventaja?

El General, sus amigos y los soldados miraban a Ramsus como un loco, era obvio que lo que decía no tenía sentido.

–No me creen lo sé, pero tengo otra pregunta, ¿Qué hacen con los enemigos muertos?

–Nada, simplemente desaparecen y después salen más.

– ¿Qué ha dicho señor? –Preguntó Ramsus algo serio.

–Desaparecer, eso es imposible señor Gabreck.

–No Tremis, él tiene razón, yo le creo…

– ¿Es eso posible Ramsus? –Preguntó Runah algo incrédula.

–Yo lo vi en Kraznang, guerreros de invocación, significa que aún hay indicios, solo espero que eso sea.

– ¿De qué hablas Axi?

–General, ustedes han enfrentado a los mismos enemigos una y otra vez, cada que los derriban estos vuelven a regresar porque alguien los invoca, debemos encontrar la fuente que los hace venir, una vez destruido el portal se librarán de ellos.

–Si esto es similar a Kraznang, significa que el Insurrecto puede estar vivo –comentó angustiado.

–No lo creo, pero si parte de su gente, la única forma de averiguarlo es encontrar la fuente, ahora este es el plan; Anumho ayúdame a hacerlo –pidió Ramsus.

–Claro, eres el jefe.

Ramsus observó una mesa donde había figuras a escala del plano geográfico de esa zona.

–Perfecto, con esto será más fácil –Ramsus comenzó a ordenar las figuras para representar el plan tal y como debería de hacerse– ¿Esta torre de vigilancia está terminada?

–Así es, con ella hemos tomado ventaja.

–Runah estará aquí para impedir que puedan llegar hasta nosotros, sólo necesita dos barriles llenos de flechas, con eso será suficiente; esta parte está descuidada, toda su infantería deberá estar ahí, ellos buscan cansar a sus hombres para poder entrar y tomar el reino, pero ya no.

–Ahí es donde siempre enviamos a la mayoría de los soldados, es un punto peligroso.

–No se preocupe señor, con Maudy ahí será suficiente para apoyar, con eso creo que estará cubierta esta zona.

– ¿Qué hay del frente? No queremos que tengan vía libre hacia nosotros.

–Primeramente necesito saber que hay más allá de la zona de donde vienen, usted coloque un perímetro defensivo, necesito abrirme paso hasta encontrar el origen y frenarlos de una vez por todas.

–Usted estará en riesgo de que nuestras flechas puedan alcanzarlo o que esos sujetos lo maten, estoy llegando a pensar que está actuando de una manera incoherente joven Terrano.

–Sólo haga lo que le estoy solicitando, no busque cuestionarme y apóyeme para dar fin a esto.

El rostro de Gabreck cambió ante el comentario de Ramsus, sus ojos ya reflejaban la misma incredulidad que el resto que se encontraba ahí.

–La verdad me es difícil creer esto, a diario decenas de mis hombres mueren y usted solo vendrá a salvarnos, ¿Cómo puedo confiar en usted si no lo conozco? ¿En Terra cualquiera puede ser como usted? –Replicó el General algo sarcástico.

Ramsus simplemente cerró los ojos, suspiró, miró a su superior y dijo: –no lo sé, General, dígaselo a mi equipo, si no considera esta estrategia entonces piense en otra.

– ¡Estrategia! Es una locura, un suicidio, se expone a una muerte y de ahí entrega nuestro reino ¡A esos malhechores! –Exclamó.

–Tranquilo, señor, confíe en nosotros.

–Así es, no por nada él derrotó a Deritán–dijo Maudy.

Gabreck guardó silencio al igual que toda la habitación.

– ¿Usted derrotó a ese Insurrecto? Por eso mencionó Kraznang, entonces ¿En serio puede acabar con esta amenaza así de fácil?

–Bueno, en Kraznang todo era diferente, no hice todo yo…

–Si usted es el guerrero legendario del que todos hablan, haga lo que mejor sabe hacer, los soldados, el pueblo, el Rey, todos estamos cansados.

Antes de que Ramsus dijera algo se dejó escuchar una trompeta seguida por los gritos de alarma de los soldados que estaban afuera.

– ¡Invasores! –Gritaron por todas partes.

–Es el momento, el enemigo se acerca, vamos para allá General, que sus hombres se coloquen donde le pedí. Runah, Anumho, Maudy, a sus posiciones, Tremis, ven conmigo –ordenó Ramsus.

–Necesito mis dos barriles de flechas, no te vayas –pidió Runah a un soldado que estaba ahí cerca.

El momento decisivo se acercaba, todos estaban en posición; Runah tenía tres barriles repletos de flechas, "más vale prevenirse", pensó. Maudy estaba donde Ramsus le había ordenado; detrás de él esperaban doscientos soldados cubriendo la zona más vulnerable del muro. Anumho no estaba en el plan, por lo que Ramsus le pidió quedarse en el campamento para proteger al General; ya en el frente, sólo una duda desconcertaba a Ramsus.

–Un momento, olvidé preguntar si los enemigos tienen arqueros.

– ¿Arqueros Axi? ¿Y eso por qué?

–Porque si ellos usan arcos con flechas tendremos pocas posibilidades de sobrevivir.

En ese momento su pregunta encontró respuesta, una lluvia de flechas salió disparada desde el bosque; los soldados estaban lejos del alcance de los proyectiles, pero Ramsus y Tremis estaban indefensos en medio de la nada.

– ¡Ramsus! –Gritó Tremis asustada.

– ¡Quédate detrás de mí!

Tremis se situó detrás de Ramsus y con el pensamiento de que todo estaba perdido cerró los ojos, las flechas caían; Anumho, Runah y Maudy a su vez habían cerrado los ojos para no ver cómo Ramsus y Tremis sucumbían ante el ataque, pero la voz de un soldado llenó de júbilo a esos tres amigos mientras que a los soldados presentes los llenó de asombro. El pasto verde se veía ahora forrado de flechas, pero donde estaban Ramsus y Tremis se notaba limpio, alrededor de ellos destacaban los pedazos de algunas flechas, pues de todos los proyectiles ninguno los había tocado, Ramsus los había bloqueado, nadie podía creerlo, ni siquiera aquellos que habían lanzado el ataque.

– ¿Pero cómo pasó? –Preguntó el General.

–Nosotros tampoco sabemos cómo lo hace –señaló Anumho–. Tremis abrió los ojos y observó a Ramsus en una posición de ataque con su imponente acero desenvainado. Pese a su confusión Tremis encontró la respuesta al ver a su alrededor.

–Bloqueaste las flechas, tú dijiste que no tendríamos posibilidades.

–Cierto, no creí que pudiera hacerlo, pero…

– ¡Atento! –Tremis interrumpió a Ramsus para indicarle que el enemigo se descubría desde el bosque–. Salían de los arbustos y árboles, burlándose de aquellos que tenían enfrente.

– ¿De qué se ríen? –Preguntó Tremis.

–No lo sé, supongo que de nosotros.

Ramsus corrió en ese momento hasta donde había una tabla muy ancha. Mientras iba en camino Tremis escuchaba risas y comentarios ofensivos hacia ella de parte del enemigo que se encontraba formado y listo para atacar.

– ¿Por qué trajiste eso?

Ramsus colocó el gran madero como un parapeto de cobertura, como barrera de protección. En ese momento se pusieron a cubierto para defenderse de otro ataque con flechas.

–Pueden atacarnos de nuevo pero no creo poder defenderte si nos atacan de manera directa, será mejor que regresemos, ha sido mi culpa que estés aquí.

–No te preocupes Axi, hay que acabarlos, no nos moveremos hasta que se les acaben las flechas.

En ese momento fueron cubiertos nuevamente de proyectiles, todas dirigidas a Ramsus y a Tremis.

–No creo que sea buena idea negociar. Este es mi plan, cuando comenzaron a lanzar sus ataques noté que la mayoría son arqueros, tal vez sean peligrosos a larga distancia pero poco útiles en distancias cortas, debemos hacer que corran hasta nosotros y nos ataquen, así nosotros responderemos y Runah hará su parte para apoyarnos.

–Axi, no creo que quieran acercarse.

–Entonces vamos hacia ellos.

Ramsus miró hacia el frente, levantó su única protección, casi a punto de romperse debido a los ataques, y comenzó a caminar directamente hacia el enemigo.

–Confía en mí, Tremis, no permitiré que te pase algo.

La mirada de Tremis parecía inestable, nerviosa, no es fácil creer en alguien que camina hacia un ejército de cientos de enemigos dispuestos a matarlo. Al ver el avance de los dos soldados de élite, las fuerzas enemigas integradas por cientos de bárbaros comenzaron a burlarse hasta detener el fuego.

– ¡Miren a esos pobres, vienen a rendirse! –Gritaban a lo lejos, pero en cuanto estuvieron lo suficientemente cerca, Ramsus se asomó y avanzó con espada desenvainada al enemigo hasta estar cerca de ellos quienes se reían y burlaban al verle caminar sereno.

–Parece que tú serás el primer alimento de hoy –indicó uno de los bárbaros mientras los demás insultaban a Ramsus–. Tremis estaba escondida bajo su protección, pero estaba lista para seguir el plan, lo único que necesitaba era que este tensionara las fuerzas enemigas para poder actuar. Mientras tanto Runah los veía impotente, Tremis y Ramsus estaban a una distancia peligrosa y podían ser un blanco de sus ataques.

"Si tan sólo estuvieran cerca, fuera de mi ángulo; Ramsus loco, ¿A qué estás jugando?" mascullaba Runah mientras apuntaba su primera flecha al enemigo.

Ramsus estaba ya rodeado por sus adversarios, en el centro de ellos; podía ver cómo lo miraban, no con el deseo de pelear sino por un motivo más aterrorizante.

–Sí que son feos, bestias repugnantes–. Los que habían escuchado el comentario de Ramsus comenzaron a reírse.

–Tú serás la comida, pero ella será la diversión, ¡Mátenlo! –Gritó uno de los bárbaros y todos corrieron hacia donde estaba Ramsus para acabar con él–. Tremis miraba con horror a toda esa gente correr en dirección a su compañero y rodearlo, pero en cuanto este blandió su acero vio que comenzaban a caer uno a uno; agitaba su espada cubierta de sangre.

– ¡Voy para allá! –Exclamó Tremis–. En cuanto se abrió camino se reunió con Ramsus.

–Ahora los tenemos, Tremis, a esta distancia sus arcos son ineficaces.

–Pero eso no significa que no los puedan utilizar.

–Tienes razón, pero créeme que si los usan será inútil.

En ese momento uno de los bárbaros disparó una flecha a Ramsus, pero en un instante la esquivó rápidamente, la flecha hizo blanco a corta distancia en uno de los compañeros del agresor.

–Protegeré tu espalda, Tremis, tú ataca al enemigo.

Tremis tomó de la mano a Ramsus para hacer un ataque doble y entonces los dos comenzaron a luchar en pareja. El enemigo había subestimado a Ramsus una vez más, error que a muchos costaría la vida. Con la gran velocidad y habilidad de la pareja de templarios muchos enemigos comenzaron a caer; con un ataque así los bárbaros se confundieron y comenzaron a huir por donde podían, pero la mayoría corrió hacia donde estaban los soldados de Zórum, haciéndolos un blanco muy fácil para Runah y algunos arqueros que la apoyaban. Con una pequeña lluvia de flechas, pronto el campo de batalla estuvo lleno de los cadáveres de aquellos que amenazaron alguna vez al reino de Zórum.

–Hemos acabado aquí, Tremis, seguiré a los que huyeron, quédate aquí y que la infantería del General Gabreck tome terreno, esto acaba hoy.

Ramsus corrió hacia el bosque a donde algunos habían escapado. Durante algunos minutos se puso alerta, había encontrado una cueva. El joven Terrano con espada en mano entró silenciosamente, caminó un corto trecho en completa oscuridad hasta encontrar algo de luz en su interior, una luz azul; había algo extraño en ese lugar, entró a una habitación alfombrada con una cama y una pequeña cocina, como si alguien viviera ahí desde hace tiempo. Volteó a ver de dónde provenía esa iluminación y la sorpresa lo invadió de nuevo al ver una esfera de cristal en un pedestal como la que había visto en su misión a Kraznang.

– ¡Una esfera de invocación! –No lo pensó dos veces y rompió la esfera con un golpe de su espada–. En ese momento desde el muro del oeste, los cadáveres y los bárbaros que estaban prisioneros o huyendo desaparecieron.

–No lo comprendo, espero no volverme loco –reflexionó Anumho en el campo de batalla.

Desde el bosque Ramsus buscaba al responsable que invocaba a esos guerreros del inframundo, pero no encontró a nadie. Después de unas horas llegó al campo de batalla donde esperaban otro ataque.

– ¿Estás bien? –Tremis corrió para abrazar a Ramsus, pero Runah se adelantó y le ganó la oportunidad.

–Creí que te había pasado algo, por poco pensé que te perdería, y ¿Qué sería de nosotros si no estás aquí?

En ese momento llegó el General.

–Los enemigos se desvanecieron ante nuestros ojos, pero esta vez ya no regresaron.

–Todo terminó por fin, así que pueden volver a comenzar su construcción cuanto antes.

Al dar la noticia el oficial a cargo, sus soldados comenzaron a gritar de gusto, finalmente ahora estaban seguros de cantar victoria.

–Esto aún no ha acabado –reflexionó Ramsus.

– ¿Entonces regresarán? –Preguntó Tremis inquieta.

–No, ellos ya desaparecieron, sus almas fueron liberadas y ya no serán obligados a encarnar para seguir órdenes, aunque no encontré a su invocador, este escapó, solo espero que haya sido la última esfera.

Después de lo ocurrido, todos fueron llevados al palacio para contar al Rey la gran hazaña de los guerreros de Terra.

–Gracias a ustedes estaremos no sólo protegidos sino en paz –se congratuló el Rey.

–Lord Zórum, debo de recomendar que intensifiquen la seguridad en el bosque, no encontré en el refugio a ese invocador.

–Lo que no me explico es ¿Por qué desaparecieron? –Preguntó el Rey algo incrédulo.

–Su aparición se debe a una invocación hecha por un hechicero que manipula los espectros de guerreros caídos en batalla; captura las almas en una esfera de cristal y los controla a voluntad, destruí la única fuente de su aparición, ahora no volverán a molestar, liberé sus almas.

–Es asombroso, creí que la magia sólo era controlada por los reinos elementales –afirmó el Rey.

–En esta era ha habido muchos cambios, hubieron quienes la utilizaron para el mal –confirmó el General.

–Con la muralla terminada nos abriremos paso por el bosque en busca de nuevos indicios de amenazas, pero ahora es momento de festejar –propuso el Rey.

Así, se comenzó a celebrar un banquete por la victoria de ese día. Runah, Anumho, Maudy y Tremis estaban contentos de celebrar el triunfo; para Ramsus comenzó a hacerse costumbre, pero había algo que le inquietaba. Tremis se acercó a él.

– ¿Por qué no te unes con nosotros en el banquete?

–Ya lo sabes…

–Bueno, tú eras quien buscaba terminar pronto la misión. Esto fue en un día.

–Para cuando empiecen a construir será cuenta regresiva, lo que significa que Riddel deberá estarme informando.

–Y para esto, ¿Ya has pensado qué vas a hacer?

–A decir verdad nada que tal vez pueda funcionarme Tremis.

Tremis ayudaba a Ramsus a tranquilizarse para que se uniera a la celebración. Él la escuchó pero no tenía en mente festejar.

–Ya Axi, te ayudaré a buscar la manera, aunque todo esto me pone a pensar que pronto me abandonarás, no tengo otra opción más que ayudarte.

–No te noto tan preocupada por eso.

–Con amistades como Runah, Anumho y Maudy tengo lo que necesito para salir adelante en cada misión.

–Ya veo…

–Era broma Axi, ven, ya hablé con el Rey, nos asignó nuestras habitaciones, pasaremos la noche aquí y partiremos mañana, ellos ya no tienen de qué preocuparse, no necesitan de nuestra protección.

–Era lo que buscaba, terminar lo antes posible esta misión, en fin, vamos a divertirnos–. Ramsus olvidó su inquietud conforme pasaba el tiempo en el banquete, por ahora habría que celebrar pues toda su misión había concluido.

Al día siguiente, Ramsus y sus amigos fueron despedidos con honores por parte del Rey y sus guardias; fueron escoltados por el guía que anteriormente los llevó a Zórum.

–Es un honor llevarlos a casa, héroes de Terra.

–Gracias soldado –dijo Ramsus mientras veía sonriente la medalla obsequiada por su servicio–. Al caminar por las calles, la gente los saludaba con reverencia en agradecimiento a su hazaña.

–Esto de ser héroe me agrada –confió Maudy.

–Acostúmbrate entonces porque así será por el resto de la eternidad –dijo Runah, quien pulía su medalla para darle brillo.

–Su triunfo ha devuelto la alegría a esta gente y por lo tanto ustedes ya tienen un lugar donde serán bienvenidos –señaló el guía.

Después de un breve recorrido por el pueblo, salieron del Reino de Zórum. Regresaron por donde habían venido, sólo que ahora con una recompensa además de las medallas que colgaban de sus cuellos: el Rey les había obsequiado a cada quien un cofre con figuras talladas con las piedras mágicas de sus tierras.

Finalmente; al llegar a casa, un soplo de alegría invadió al grupo de valientes guerreros que regresaban de la importante misión.

–Aquí me despido, guerreros, gracias –dijo el guía.

–Buen viaje –despidió Ramsus al guía.

Siguieron adelante y entraron por las puertas de Terra donde fueron recibidos por los guardias y por quienes pasaban por ahí. Llegaron al templo donde los maestros y el anciano les dieron la bienvenida.

–Bienvenidos guerreros de Terra, es bueno tenerlos de vuelta tan rápido, ¿Se puede saber por qué? –Preguntó el anciano sorprendido de que llegaran después de unos días, pues se creía que tardarían años.

–Aquí tengo un decreto del Rey, la liberación de nuestro servicio de manera prematura por total cumplimiento de nuestro deber, contestaré todas las preguntas abuelo, hay algo que debes saber.

–Pueden tomar un descanso, ir a comer, aún es hora; vamos a la sala de los maestros, quiero que ahí me cuentes lo que ocurrió, se supone que era una misión que duraría varias semanas.

–No lo creerás –contestó Ramsus mientras se dirigían a la sala de los maestros.

Ya ahí, Ramsus comenzó a contarle toda la historia dejando convencido al anciano de que su prematura llegada era buena elección.

–Cuando ocurre algo así debes enviar un mensaje, el enemigo puede estar en alguna parte y si abandonas ese lugar puede atacar de nuevo, pero ya que me dijiste todo y el Rey de Zórum aceptó, entonces no hay de qué preocuparse, eliminaste el problema de raíz.

–Pero hay algo que me hace pensar, esa esfera.

–Lo sé, a mí también me pone a pensar, pero el Insurrecto ya fue eliminado, eso puede significar que sus seguidores caerán de uno en uno conforme los encontremos, puedes estar tranquilo ahora porque tengo otra misión para ti, ésta es muy importante, tal vez no como las otras pero sí interesante.

– ¿Una misión? ¿Tan pronto?

–Eres el indicado, sé que estás cansado por este viaje, pero créeme, te complacerá, viajarás muy lejos.

– ¡A las tierras del este, en Aeros!

–No, al reino de Aqua.

– ¿Al reino de Aqua? Nadie sabe dónde se encuentra…

–Eso ya fue arreglado, nos han revelado el camino, además te llevará una embarcación de guerra, estarás más que seguro.

– ¿A qué voy a Aqua?

–Llevarás un paquete al anciano Guardián del templo, no puedo revelarte qué es, pero debes confiar en tu palabra de no averiguarlo y entregárselo, prepara nuevamente tu equipaje porque mañana a primera hora vendrás a la sala por el paquete.

– ¿Cuándo partiré?

– ¿No entendiste lo que dije? Mañana mismo.

– ¿Mañana? Pero hoy ni siquiera he comido.

–Puedes comer algo y prepararte para partir.

–Entonces comeré algo y platicaré con mis amigos, después me prepararé.

–Está bien, pero no lo olvides, mañana a primera hora.

Ramsus salió de la habitación y se retiró con sus amigos. Ya en el comedor se sentó con su ración.

–Espero que tu abuelo no te haya regañado –aventuró Anumho.

–Le expliqué todo, pero me dijo que cuando algo así suceda le informemos primero mediante un mensaje por cuestiones de seguridad, de ahí en fuera nada malo ocurrió.

– ¿Todo salió bien verdad? Porque de no ser así prefiero no ir a otra misión –confesó Tremis.

–No hubo problema alguno, juntos somos invencibles, seguiremos como equipo por toda una eternidad –confió Ramsus, quien les habló sobre su nueva misión, no pudo dar detalles por la secrecía de esta pero simplemente presumió que se ausentaría por un tiempo hasta completar dicha tarea.

Finalmente Ramsus se despidió y preparó sus pertenencias. Fue a su habitación, tomó una ducha y acomodó todo, sospechaba sobre la distancia de su viaje hacia mares y tierras desconocidas, pero estaba listo y preparado para su nueva aventura.

X
HACIA EL OESTE

En Terra, no había rayos de sol que anunciaran la mañana aún. Un completo silencio pesaba en los ámplios corredores del templo Terrano, sólo se escuchaba el eco de los pasos de Ramsus que se dirigía a la sala principal en donde lo esperaba el anciano Guardián.

–Aquí estoy.

–Tomad esto y protegedlo con tu vida –un centinela Terrano entregó a Ramsus una pequeña caja negra con una placa de acero donde destacaba el escudo del Reino de Terra, así mismo su pergamino de la misión a desempeñar.

–Lo haré, por ahora ¿Hacia dónde debo ir?

–Lejos, en las afueras de esta abadía se encuentra un soldado que habrá de llevarte a tu destino, hacia el puerto, donde un barco de guerra espera, el Capitán Melckus os recibirá, buena suerte noble Paladín.

–No fallaré –Ramsus se despidió con un saludo militar y salió del templo donde le esperaba el guía con un caballo.

Se dirigieron al puerto de Terra, un lugar lejano pero custodiado por una flota numerosa de galeones de guerra del reino de Rásagarth, al menos eso decía el guía, pero al llegar se dio cuenta de que este no mentía, sino al contrario, Ramsus contempló impresionado que había una gran flota de navíos tan inmensos como castillos los cuales estaban anclados en fila. Cada uno de ellos tenía cientos de cañones laterales y en la parte frontal uno de gran tamaño, aunque oculto en una cámara para cuando fuera necesario sacarlo y sorprender al enemigo.

El guía llevó a Ramsus al barco designado. Al llegar a este se despidió, cumplió su misión y así comenzó la de Ramsus.

– ¿Es usted Melckus?

–Capitán Rodah Melckus jovencito, tú debes de ser Kramsus, nieto del anciano Guardián.

–Ramsus, señor, mucho gusto –. El joven Terrano veía al Capitán con mucho respeto pues se notaba su presencia. Vestía un uniforme similar al guerrero templario de Terra, excepto por sus medallas y sombrero de Capitán; era un hombre alto y de edad mayor, por su temple firme y disciplina podía notarse que no era un hombre común.

–Ahora comenzaremos nuestro viaje a mares peligrosos, en cuanto llegue el resto de la tripulación de incompetentes –informó el Capitán.

Pasaron unos minutos hasta que salieron los primeros destellos de luz del alba. En ese momento los integrantes de la tripulación, ciento treinta en total, corrían como dementes, como si alguien los estuviera siguiendo, corrieron hasta llegar a la cubierta del barco para así formarse.

–Hasta que llegaron, masa humana de holgazanes, por poco y nos vamos sin ustedes. Él es Kramsus, soldado de la élite y nieto del anciano Guardián, será nuestro protegido en esta misión, quiero absoluto respeto, si alguien lo ofende lo arrojo al mar, ¡Escucharon! –Gritó el Capitán.

– ¡Sí señor!

– ¡Señor Capitán, incompetentes! –Respondió.

–"Sí señor Capitán...

–Excelente ¡A trabajar! –En ese momento vueltos locos corrieron nuevamente hasta sus posiciones.

–Soy Ramsus... –dijo en voz baja, mientras todos se ponían a trabajar.

Se abrieron las grandes velas y el timón se comenzó a mover rumbo a Aqua. Ramsus se suspiró de emoción mientras contemplaba desde la proa la inmensidad del océano, sería su primer viaje largo en el mar. Al echar un vistazo hacia tierra, Ramsus observó que estaba ya muy lejos: no había vuelta atrás, en unos minutos la embarcación se internó en el océano.

–Hasta el momento te veo saludable, por lo general los nuevos se ponen a vomitar por toda la cubierta –dijo el Capitán.

–Es por la emoción, el barco es enorme.

–Y este es de los mejores, como puedes ver. En mis años como Capitán nunca había navegado tan seguro como en un Galeón Rásagardiano, este barco es una pequeña parte de la grandeza ejemplar de la poderosa flota que protege las costas del norte.

–Entonces, ¿Rásagarth es realmente enorme? Es increíble que a donde viaje haya algo de ese reino ya posicionado.

–Como templario de Terra y gran explorador de los cuatro mares navegables, nunca había visto una potencia territorial como Rásagarth, es el único gran reinado en este territorio y en todo el espacio que he explorado nada lo iguala, ni siquiera los cuatro reinos guardianes juntos. Terra es una ciudadela enorme, Ignis lo supera por un poco; Aeros es más grande que Ignis y Aqua, bueno, Aqua no sé muy bien qué tamaño tiene, sólo lo he visitado dos veces.

–Entonces ¿Sabe dónde está?

–Aqua está hacia el oeste claro, debemos seguir la brújula, sin desviarnos ni una sola milla náutica, así encontraremos su templo. Aqua tiene unas costumbres muy extrañas ¿Sabes? Sus guerreros pueden llegar hasta Terra en menos de un día, nosotros tardaremos casi tres meses ida y vuelta, imagínate.

– ¡Tres meses! No puede ser, tres meses solo para entrar al templo y salir.

–Así es la vida cuando eres un oficial de alto rango, como Paladín también es tu deber ejecutar acciones diplomáticas, eso significa recorrer mares y montañas para intercambiar unas cuantas palabras por unas horas y después regresar, sólo para volver a repetirlo. Ser Paladín no sólo amerita dirigir las tropas de un reino o luchar contra enemigos crueles y tiranos, también es tu responsabilidad la seguridad de los reinos para proteger sus valores en cualquier punto de los confines de ATIA, así que acostúmbrate, te lo digo por experiencia.

–Yo no sabía que existían unidades navales y marina en las filas del temple Terrano.

–Hay de todo, tengo casi tres siglos de edad ¿Lo creerías? Dos y medio los he dedicado al mar; hace mucho tiempo me enviaron a una misión especial, no tan relevante como la tuya, pero sí de gran importancia. Al terminar me agradó la idea de estar en un barco de guerra; durante algún tiempo trabajé como soldado de infantería y como tripulante, en poco tiempo obtuve mi rango de Capitán de mi propio barco; considera lo siguiente, si te agrada algo nunca dudes en obtenerlo, aférrate a creer que puedes conseguirlo. Me asignaron mi Buque de guerra, el W.S. INVENCIBLE y ahora dirijo la flota más temible de los nueve mares conocidos, cualquier criatura maligna que se atreva a invadir mi preciado Terra nadará con las bestias marinas a mitad de camino, así que no hay problema.

–Eso es bueno, pero estoy llegando a pensar que prefiero estar mejor en tierra firme, comienzo a marearme.

–Aguanta hijo, no por nada te dicen por los pasillos del navío "el devorador de aceros".

– ¿El devorador de aceros?

–Todos cuentan la leyenda de tus travesías, eso enfrentarte a cientos tú solo y derrotarlos debe de hacer sentir orgulloso a tu abuelo y al reino de Terra.

– ¿También por estos rumbos saben lo que ocurrió?

–Los rumores se han esparcido de puerto en puerto, eres el héroe legendario que marcó en la historia, algo bueno y malo, ya que tus enemigos podrían enterarse, pero no creo que pudieran contra ti; de hecho, como lo cuentan, nadie podría enfrentarte sin al menos vivir para contarlo, pero de ahí es donde viene el respeto por ser un gran guerrero que lucha por la paz de ATIA. A veces con una batalla puedes vencer miles de años de guerra entre naciones o bien la guerra del eterno equilibrio entre el bien y el mal.

Ramsus y el Capitán conversaron de la vida que le esperaba al joven combatiente de élite. Al ser un rango alto y excelente guerrero en batalla, podría servir como gran ayuda durante un buen tiempo.

– ¿Estás enamorado de alguien? Debes estarlo.

–Pudiera decirse que una princesa.

–Una princesa, ¿De qué reino? –Preguntó el Capitán.

–No sé si deba decirlo.

–Vamos hijo dímelo aquí entre las piezas de la "Moral y la Rectitud"

–Confío en su palabra Capitán… la princesa es de Aeros.

–La bella princesa Riddel, Anjana y descendiente real del reino del viento; creo que no eres tan afortunado, ella no podrá ser tuya, al menos que su padre la esté casando con algún monarca o algo parecido yo creo que te será algo poco posible.

–Sí, lo sé… –murmuró Ramsus mirando el azul del océano.

Después de platicar a lo largo del día, Ramsus se sentía familiarizado con la tripulación, poco a poco amistaba con todos. La tensión de ser observado como el guerrero invencible era solo una parte del respeto que infundía, sin embargo, ahora también para la tripulación Ramsus era un amigo.

Esa tarde, Ramsus se quitó el uniforme de templario y se puso ropa cómoda para trabajar con el Capitán y su tripulación.

–Esto no es necesario, eres nuestro huésped, no uno de estos haraganes –despotricó el Capitán.

–No quiero aburrirme, además quiero ver qué se siente trabajar en un barco.

– ¿Has probado alguna vez el pescado?

–Sí, el mejor pescado de río de Terra.

–Bueno… por lo menos sabes lo que es un pescado, ahora comerás pescado de agua salada, de los mejores, ¡Así que listos para pescar, queremos uno grande! –Gritó el Capitán.

En ese momento tres marineros comenzaron a soltar carne de pez triturada como carnada, mientras otros cuatro acomodaban un cañón cuya trompa asomaba la enorme y afilada punta de arpón.

–Los peces de estos mares son monstruos, nunca navegues por aquí en una galera o te comerán con todo y embarcación; para navegar necesitas uno de estos monstruosos navíos.

– ¡Viene uno, estamos de suerte! –Gritó el marinero vigía en lo alto del mástil–. Ramsus miró hacia abajo y observó una gran masa oscura que se acercaba. En ese momento uno de los marineros apuntó y disparó el arpón; Ramsus quedó atónito, aturdido por el sonido de semejante estruendo, pues conocía en historias el poder de los cañones, pero nunca había escuchado el disparo de uno. Al dar en el blanco, los tripulantes cercanos comenzaron a jalar de la gran cuerda para subir desde una rampa lo que sería su alimento.

–Buena pesca señores, uno grande –afirmó el Capitán.

Ramsus volteó estupefacto: – ¡Pero qué monstruo tan enorme! ¿Qué es esa cosa tan horrible? –Nunca había visto criatura semejante.

–Tú lo has dicho, es un demonio del mar, un pez gigante y carnívoro, cuando los veas nadar cerca, si es que no eres su alimento te darán la señal de que estás cerca de casa, pues sólo habitan en costas del continente al que pertenece Terra. Más adelante hay bestias muy grandes, casi del tamaño de este barco, así que hay que estar muy atento.

–Lo estaré.

Ramsus ahora pensaba que tal vez podía ser muy rápido e invencible ante decenas de guerreros, pero estaba absolutamente indefenso en medio del mar.

–Muy bien, prepárelo para comérnoslo, cocinero –ordenó el Capitán.

Después de comer tomaron un descanso, eso sin bajar la guardia. En cada extremo del Buque de guerra había un vigía listo para informar sobre cualquier emergencia. Ramsus salió del comedor y observó un precioso atardecer. Era como si el sol se metiera en el mar, apagándose poco a poco, esperando salir para otro amanecer. Al caer la noche, Ramsus estaba en la proa (la parte frontal del barco) mirando las estrellas –claras y brillantes– como solía hacerlo en Terra; pensaba en esta aventura, un nuevo reto, pero también sentía tensión por la responsabilidad adquirida.

Al día siguiente, se levantó en una bella y soleada mañana, listo para dar de su parte a la tripulación; acomodó los nudos, las cuerdas, ayudó a levantar las velas; el entorno parecía tranquilo y por lo menos en los próximos quince días todo sería igual.

Los días y noches pasaron rápidamente, con el trabajo desplegado en el barco no se notaba el paso del tiempo, hasta una mañana en altamar. Era casi medio día y Ramsus limpiaba la cubierta del barco cuando ocurrió algo inesperado: escuchó el sonido similar al canto de una mujer. Volteaba a ver a sus compañeros pero ellos no parecían oírlo, miró hacia abajo y observó a una mujer desnuda que nadaba en medio del océano; quería avisar que había una persona en el agua y entonces la mujer cantó más fuerte. Ramsus cedió ante esa canción y entonces comenzó a relajarse, ese sonido era tan bello que no pudo resistirse a saltar por la borda. Antes de hacerlo, el Capitán lo tomó del hombro derecho, todo el alrededor de Ramsus de pronto se volvió lento, volteó y vio que el Capitán movía los labios, como si dijera algo, pero él no lo escuchaba, el canto era cada vez más fuerte. En ese momento, un marinero lanzó un arpón a sangre fría sobre la mujer y dio en el blanco; el bello canto se convirtió en un horrible chillido que parecía desgarrar las entrañas de cualquiera que estuviese escuchando. Ramsus parecía ser el único en advertirlo, solo él se tapaba los oídos para no captar semejante alarido bestial, aunque era inútil, el sonido no llegaba a sus oídos sino a él mismo como una rechinante vibración que atacaba todo su ser. El arpón tenía una cuerda y el Capitán comenzaba a jalar de ella y subió a su presa; Ramsus recuperó un poco la conciencia y entonces observó perplejo que la criatura tenía algo que la diferenciaba de las mujeres conocidas por él: tenía la cola de un pez en lugar de piernas, su piel, cabello y ojos cambiaban de color y tonalidad, modificando su belleza, algo totalmente extraño y Nuevo para el Terrano.

Al dejarla en cubierta se retorcía como tal, intentando huir como un animal salvaje acorralado; inútilmente pretendía asustar a los marineros que la rodeaban para abrirse paso y escapar mientras ellos se acercaban; Ramsus recobraba un poco más la conciencia.

–Maldita bestia marina, lamentarás el día en que te atravesaste en nuestro camino –blasfemó el Capitán–. En ese momento la tomó del cuello y le enterró un cuchillo en el pecho, la herida hizo que se desangrara y muriera.

– ¿Qué es eso? –Preguntó Ramsus.

–Es una sirena, un ser maligno para nosotros, te envuelve con su canto para confundirte, después lo hace para hechizarte; cuando sientes que su canto es más fuerte es inútil taparte los oídos, ya que llega hasta tu alma; hace que saltes al agua como todo un enamorado, pero no para desposarte como se creía hace tiempo, no, ya indefenso te devorará vivo lentamente –explicó el Capitán.

–Pero Capitán, ¿Ustedes no la escucharon?

–Lo siento, no creímos que esto ocurriría, esta sirena debió de estar perdida ya que se desconocen en estas aguas, fue una casualidad, ella te buscaba a ti, tú eres nuevo aquí así que esto te afectó desde que la sirena comenzó a cantar, si nosotros la hubiéramos escuchado, créeme que la hubiéramos atrapado desde antes, fue una suerte tenerte cerca.

–Entonces esta cosa es uno de los peligros...

–Uno de tantos peligros. No has visto aún a los "hijos de Leviatán", gigantes dragones de mar, dioses para algunos pueblos, una gran amenaza para nosotros, son bestias muy territoriales; espero no encontrarnos con alguno, estos animales sí que saben cómo hundir uno de estos navíos.

–Sobre esta sirena, ¿Podría haber algo para evitar el hechizo? Solo para prevenir.

–Deberá ser tu voluntad la que te ayude con eso, caíste en su hechizo al desconocer su existencia y por la ingenuidad de tu curiosidad te hizo sucumbir…

–Para ser un monstruo, canta muy bonito.

–Hay más secretos allá afuera que debes conocer antes de que te maten… ¡Marinero! Quiero que la haga pedazos y la prepare como carnada, debemos pescar algo para cuando se acabe la otra ración.

El marinero acató la orden y llevó el cuerpo inerte de la sirena.

–Sólo espero que las cosas no se pongan feas de verdad –dijo Ramsus, pues se dio cuenta que a medida de su avance, cada situación comenzaba a cambiar repentinamente.

Después de ese suceso todo parecía empeorar para esa embarcación de valientes. El marinero vigía llamó al Capitán:

– ¡Venga pronto! –Exclamó el marinero desde lo alto del mástil–. El Capitán subió inmediatamente.

– ¿Qué sucede?

–Se está concentrando un gran tifón, observe–. El Capitán sacó una pequeña esfera de cristal con la que se podía observar a distancia y la apuntó para ver la concentración de lo que se pensaba era una gran tormenta.

–Esa tormenta nos va a hundir, a menos de rodearla sólo nos tocará una parte –en ese momento el Capitán bajó del puesto del vigía y corrió hacia donde estaba el primer oficial, cuya función en ese momento era el encargado de dirigir el rumbo del barco.

–Vayamos a estribor primer oficial –sugirió el Capitán algo preocupado.

–Sería un suicidio, hacia allá están las aguas peligrosas, los límites del continente prohibido de "Valtus" –advirtió mientras fijaba el timón.

–Será mejor navegar en esas aguas que nadar en éstas en unas cuantas horas. A estribor –reafirmó el Capitán–. El timonero obedeció la orden y dio vuelta a estribor –a la derecha– para así intentar rodear la tormenta y no hundirse.

Se desató una gran tormenta. Los marineros se ocuparon de subir las velas, amarraron los nudos y se ocultaron para no caer y perderse entre las enormes olas que golpeaban el poderoso buque de guerra. A la mañana siguiente, los tripulantes de la embarcación presenciaron un cielo nublado y calma total. Percibieron que se habían desviado demasiado, por lo que deberían de apresurarse para retomar el rumbo y no perder tiempo. Mientras iban en camino el marinero vigía que se encontraba en el mirador del mástil irrumpió la paz nuevamente.

– ¡Aguas tenebrosas! –Exclamó el vigía–. Los marineros se asomaron desde la borda, el agua estaba en un tono oscuro y algo espeso, se podía apreciar desde lejos. Ramsus comenzó a preocuparse al ver el rostro del Capitán.

– ¿Esto qué significa?

–Un mal augurio, son aguas tenebrosas, aguas teñidas de negro por causa de los hijos del kraken. Es un monstruo marino gigante, con largos tentáculos, tan enormes y fuertes que un abrazo de esa bestia podría partir este barco a la mitad; cuando está cerca el terrible olor que despide es peor que los orines de un troll cuando está ebrio; sus ojos son inmensos y sólo ver a esta criatura hace que tus huesos rechinen de terror, podríamos apartarnos de su camino, pero dada la magnitud de las aguas tenebrosas significa que es más de uno, no sabemos el rumbo, hacia dónde van, puede ser peligroso y más si estamos cerca de Valtus.

El Capitán llevó a Ramsus a una habitación donde se guardaban libros y otros artículos de estudio y le enseñó los dibujos que describían a esa bestia monstruosa.

–Aquí es donde guardo todo, el conocimiento de lo que he visto en el océano está escrito en estos libros, puedes quedarte aquí el tiempo que quieras, es bueno informarte un poco, pero no toques mi diario.

–De acuerdo.

Ramsus se sentó a leer un poco para conocer más acerca de todas las criaturas que el Capitán había visto. Mientras tanto, el momento de tensión se extendía en el ambiente como la niebla, cada marinero observaba cada esquina, a izquierda y derecha, descifraba cualquier indicio de ruido extraño, un movimiento en falso y tendrían un encuentro escalofriante con la muerte.

Después de navegar durante dos horas en aguas oscuras, la tripulación comenzaba a desesperarse, no sabían si estaban navegando entre monstruos. Ramsus prefirió seguir leyendo para ignorar los momentos de tensión, no era fácil sentirse tranquilo al navegar en un océano plagado de bestias sin saber por dónde atacarían.

–Podrían estar debajo de nosotros, así que no hagan mucho ruido, vayan a sus puestos de ataque, pero que nadie dispare ningún cañón hasta que yo lo ordene; no queremos indicarles dónde estamos para devorarnos –instruyó el Capitán.

–Sí señor, el joven Kramsus sigue adentro, si pasa algo le advertiré –avisó uno de los marineros.

–Bien marinero, le encargo mucho la vida de ese joven, tiene algo muy importante para entregar y es el nieto del Gran Guardián del norte.

–Ya recuperamos el rumbo, en unos momentos saldremos de aquí, pero no garantizo cuánto tiempo, podrían ser horas –informó el marinero.

–Mientras salgamos de aquí a este paso todo estará bien, sigamos adelante.

El Capitán se dirigió a Ramsus para decirle que no había de nada de qué preocuparse.

–Casi salimos de esto, todo está bien.

–Gracias Capitán, créame que me siento muy seguro.

–Veo que estás fascinado con la lectura, después de terminar puedes…

Pero antes de continuar su plática un gran estruendo exaltó a Ramsus y al Capitán. Se escuchó un fuerte rugido que alarmó a toda la tripulación, ambos corrieron para saber qué estaba pasando; mientras corrían por uno de los pasillos hacia afuera escuchaban los gritos de la tripulación seguidos de más rugidos escalofriantes.

– ¿Qué fue eso marinero? –Preguntó alarmado Ramsus.

– ¡Hijos del Kraken señor, muchos, peleando!

El Capitán no se convencía de lo que afirmaba el marinero, por lo que decidió salir. Ramsus lo acompañó y al mirar hacia estribor observó la colosal batalla más impresionante que jamás había visto en su vida. Las valerosas hazañas en Kraznang y en Zórum resultarían insignificantes por lo que estaban contemplando ahora sus ojos: una gran batalla de cientos de enormes calamares gigantes contra cientos de dragones marinos, y ellos estaban en medio.

–Hijos del Kraken contra una numerosa manada de Leviatanes, debemos huir de inmediato, ¡No abran fuego aún! No somos sus enemigos, salgamos de aquí antes de que nos vean, pero ¡Saquen todo el armamento, necesitamos defendernos! –Exclamó el Capitán.

En ese momento de tensión, el gran Buque descubrió todo su armamento, en especial un enorme cañón oculto en la proa, tan grande que cada bala de cañón media el doble de Ramsus.

– ¿Cree que los pequeños cañones que tenemos a los lados podrán con esas bestias?

–Por eso tenemos este, para derribar a los grandes, ahora quiero que entres y nos dejes esto a nosotros –pidió el Capitán.

Sin pensarlo dos veces, Ramsus corrió hacia el interior del barco, pero no a esconderse sino para ir por su espada, sabía muy bien que no podría dar batalla a esas bestias marinas, pero haría su parte para salir de ahí ileso.

–Te dije que te quedaras adentro, estos monstruos te comerán.

En cuanto el Capitán miró hacia al frente chocaron con un dragón de mar.

– ¡Abran fuego!–. El inmenso cañón disparó con tal estruendo que Ramsus se quedó paralizado, aterrorizado por la fuerza colosal del arma; el poder del cañón decapitó a la gran bestia abriendo así un camino para escapar, pero todavía no estaban a salvo, pues en cuanto se libraron de uno, otro ya estaba en camino para atacarlos. Desde un costado asomó la presencia de un gran tentáculo.

– ¡Kraken! Atentos los cañones flanqueados a estribor, ¡Acaben con él! –Gritó el Capitán.

Los marineros prepararon los cañones, ninguno tenía en la mira el objetivo, por lo que la bestia asomó sus enormes tentáculos para atacar a la tripulación; comenzó a capturar a sus primeras víctimas en la cubierta, a los marineros confundidos o acorralados, pero alguien no permitió que esos marineros fueran su alimento. Con acero en mano, Ramsus corrió en salvación de sus compañeros; cortaba los tentáculos de la bestia. Salto tras salto, golpe tras golpe, Ramsus se movía a gran velocidad hiriendo al monstruo para que este no se llevara a sus presas. El Capitán observaba asombrado, no comprendía cómo lo hacía. En ese momento se escuchó una voz desde abajo de la embarcación.

– ¡Todos los cañones están cargados, laterales a estribor listos para disparar! –Era un marinero que llenó de valor a quienes estaban sufriendo desde la cubierta del barco.

– ¡Fuego! ¡Acaben con esta bestia! –Ordenó el Capitán.

Los cañones abrieron fuego, las balas atravesaron la carne del Kraken y lentamente el monstruo comenzó a soltar la gran embarcación, liberando así a la tripulación de una muerte horrible.

Desde lejos se podía apreciar la gran batalla entre monstruos marinos.

–Los hijos del Kraken debieron confundirse en la gran tormenta y se toparon con los hijos de Leviatán; estos dragones son muy territoriales y no les gustan los intrusos, tuvimos suerte hoy –reconoció el Capitán.

–Señor, ya conté a todos y no hemos perdido a ninguno –agregó un marinero.

–Esa es buena señal, por cierto, nunca había visto algo igual, ahora veo por qué dicen que encaras ejércitos completos, ni a los monstruos temes joven –expresó el Capitán.

–No quiero volver a repetir esto Capitán –comentó con una mueca en su rostro.

Poco a poco se alejaban cada vez más de esa bestial batalla, a lo lejos se alcanzaba a apreciar el combate en un pintoresco cielo despejado; adelante de ellos había aguas azules y un cielo espectacular, iban ahora rumbo a su destino.

XI
EL MISTERIOSO REINO DE AQUA

Después de varios días de navegar bajo un cielo sereno y en aguas claras; una mañana el marinero que estaba en el mástil de vigía observó algo inquietante a lo lejos e hizo llamar al Capitán. Desde la cubierta el Capitán miró a través de su esfera de cristal y observó de cerca una pequeña isla.

–Es ahí, marinero, llame a Kramsus, hemos llegado a su destino –ordenó directamente el Capitán a uno de los marineros que estaba a su lado–. El marinero corrió a despertar a Ramsus, llegó a la puerta de su camarote y tocó.

–Kramsus, despierta, hemos llegado –no hubo respuesta–. Sin embargo, antes de que el marinero repitiera lo dicho, Ramsus abrió la puerta entusiasmado.

– ¡Por fin hemos llegado!

–Así es amigo Kramsus, el Capitán quiere verlo, está en la cubierta.

–Gracias, pero mi nombre es... como sea... –murmuró sonriente mientras corrió hasta donde estaba el Capitán esperándolo.

–Ya estoy aquí.

–Bien, ahora observa esta bola de cristal, apúntala hacia allá adelante.

Ramsus tomó la esfera de cristal y apuntó hacia el frente. A simple vista no se veía nada, pero cuando miró más detenidamente pudo divisar la pequeña isla encontrada por el vigía.

–Una isla, no parece muy grande.

–Es cierto, pero es ahí, lo recuerdo bien, además hemos seguido las coordenadas y la orientación por las estrellas al pie de la letra, en unos minutos llegaremos.

Después de un tiempo de preparación, la imponente embarcación ancló muy cerca de la pequeña isla. Un pequeño bote tripulado por el Capitán, Ramsus y dos marineros más, descendió de la gran embarcación y avanzó. Ya en tierra firme Ramsus buscó civilización, pero notó que los árboles ocultaban algo; al investigar encontró las ruinas de lo que parecía un templo. En ese momento lo acompañó el Capitán.

–Hay algo que no encaja bien, Capitán, busco el reino y templo de Aqua, aquí no hay rastros de civilización, sólo estas ruinas.

–Sígame–. Ramsus miró incrédulo al Capitán.

Al entrar encontraron una habitación amplia y oscura. El Capitán encendió una antorcha y comenzó a caminar, llegando así a otra cámara, una amplia habitación con un foso lleno de agua hasta el tope. Ramsus miró sorprendido una figura familiar, en el centro del foso se encontraba un Typhoon pisando la superficie del agua, por su claridad, Ramsus y el Capitán podían apreciar la profundidad.

– ¿Quién va? –Preguntó fríamente el soldado de Aqua.

–Mi nombre es Ramsus y soy al que esperan, he venido porque el anciano Guardián Terrano me ordenó entregar esto al Gran Guardián del templo de Aqua –explicó Ramsus mientras mostraba el pequeño paquete.

–Deja el paquete y márchate, el Gran Guardián no debe ser molestado –replicó el Typhoon.

–Esta gente es grosera de verdad –dijo el Capitán.

–Como soldado de la élite templaría del reino de Terra me opongo a obedecer su orden, me encomendaron entregar este paquete al Gran Guardián de Aqua personalmente y así lo haré.

– ¿De la élite templaría? Muy interesante, ¿Cuál es tu nombre?

–Aximilim Ramsus…

–Aximilim Ramsus, ¿El legendario guerrero que dio fin a la era del Libertador?

–Hasta Aqua conoce la historia… –musitó Ramsus estupefacto.

–En estos momentos el Gran Guardián sabe de su llegada, los recibirá en su aposento, sólo debe bajar por ese foso hasta la ciudad –sugirió el Typhoon.

–Ese tipo está loco, no creo que podamos sobrevivir nadando hasta allá abajo –dijo el Capitán a Ramsus.

–Debe haber una forma de hacerlo…

El Typhoon levantó las manos, comenzó a recitar una oración; no se podía escuchar debido a que lo hacía en voz baja, pero en ese momento del foso comenzó a emerger una cápsula de cristal.

–Descenderán lentamente, hasta el fondo, ahí llegarán a la ciudadela, sigan el camino principal, este los llevará al templo –dijo el Typhoon.

En ese momento Ramsus caminó hacia la capsula que flotaba estable. Al ver el suceso, el Capitán, sorprendido, decidió hacer lo mismo.

–Bajarán lentamente hasta llegar a la ciudadela, sigan adelante sin distraerse y llegarán al templo donde el Gran Guardián los espera –concluyó el Typhoon.

–Eso ya lo habías dicho… –comentó el Capitán– es increíble que haya una ciudadela aquí abajo.

–Tal vez el exterior sólo es para no tomarse en cuenta, quizá abajo sea muy diferente –comentó Ramsus–.

Arriba destacaba un templo rocoso muy antiguo, pero abajo había un conducto vertical. Ramsus y el Capitán descendían por un elevador de cristal iluminado, podían ver con gran asombro el fondo del mar; conforme bajaban no paraban de sorprenderse, podían ver infinidad de criaturas marinas nadando cerca de ellos, enormes y pacíficas como los gigantescos cetáceos unicornio; seres fantásticos con largos cuernos en la punta de la nariz; un tipo diferente de sirenas se acercó a ver a Ramsus y al Capitán, esta tenía facciones más humanas y su cola parecía un hermoso manto de colores, muy diferentes a las que Ramsus había encontrado por primera vez en esa misión.

–Este tipo de sirenas es muy raro, se han escuchado historias de que han salvado gente en naufragios, son maternales con la humanidad, se cree también que es el espíritu reencarnado de mujeres que han conocido el verdadero amor –relató el Capitán.

En ese momento una de las sirenas se acercó y lanzó un beso a Ramsus desde el otro lado de la pared de cristal mientras los seguía en su descenso al fondo, despidiéndose y marchándose de esa manera. Ramsus veía con asombro cómo esa mujer marina se movía en el océano de una forma delicada y sutil.

– ¿Alguna vez escuchó hablar de las Diosas del mar?

–Las Diosas del mar hacen honor a su nombre, son los seres místicos más bellos de los océanos, poseen poderes mágicos y tienen el poder de conceder deseos, muchos las buscan para consultarlas, pero nunca las encuentran ya que son seres mágicos y misteriosos, nuestra raza no es digna de conocer a esa divina creación del Redentor, también cuentan historias que muy pocos han conocido a las Diosas del mar, de ahí radica su legendaria existencia, dicen que les han dado dones mágicos supremos y se cuenta que ellas llevan el poder de los océanos en una gema mágica, su esencia misma petrificada en una joya, imagina lo que se podría hacer teniéndola en tu poder.

Ramsus volteó a ver al Capitán con sorpresa al escuchar su comentario.

–Una gema, debe ser maravilloso tener una –Concluyó el Capitán.

Ahora Ramsus poseía más que un recuerdo de su amada, tenía un tesoro invaluable, un objeto codiciado por muchos, pero que estaba en poder de pocos.

–Por cierto, había olvidado preguntarte, tú enfrentaste al Libertador, escuché rumores sobre ese ser, ¿Era tan temible como se describía?

–Lo encaré, luché contra él y casi muero en el intento de derrotarlo.

–Lo que importa es la acción, te arriesgaste a morir, como lo que hiciste allá por mis hombres, enfrentar a una bestia de esa escala es una total locura, pero tú sobrepasaste cualquier temor hijo, eres realmente grande, una leyenda viviente.

–Muchas gracias Capitán…

Descendieron hasta la ciudadela de Aqua. Por fin el misterio del reino escondido entre los océanos sería revelado, una increíble civilización estaba frente a esos dos Terranos, se imponían estructuras asombrosas, una ciudad dentro de una gran burbuja de cristal, un paraíso en lo profundo del océano, el reino de Aqua era majestuoso e impresionante, lugar al que nadie tendría la oportunidad de conocer a menos de participar en una misión especial que tendría como principal prueba sobrevivir a semejantes peligros en el océano. Ramsus y el Capitán dieron su primer paso en el interior de la ciudadela observados por un Typhoon que ejercía su labor de centinela.

–Bienvenidos a la ciudadela de Aqua, síganme, los llevaré al templo, el Gran Guardián del oeste los espera –saludó el soldado de la élite del templo–. Ramsus y el Capitán lo siguieron, la gente los observaba de una forma incómoda pues en Aqua no tenían contacto con el mundo exterior, vivían en el total aislamiento de una majestuosa y avanzada ciudad en el fondo del mar. Ramsus percibía las fuertes miradas, sentía como si estuvieran molestos por haber llegado a su reino oculto.

Después de su recorrido, finalmente llegaron a otra estructura, el edificio más grande de toda la ciudadela, el templo del reino Aqua.

–Soldado, ¿Dónde está el palacio real? ¿No nos llevará primero con su Rey?

–Este es el templo del reino de Aqua, adentro se encuentra el anciano Guardián, por cierto, no tenemos "Rey", no necesitamos que nos rija una patética autoridad monárquica, no somos iguales a ustedes, hemos logrado la paz sin necesidad de imponer amenazas y miedo por sus tristes actos dictados por tan atrasada cultura –aclaró el Typhoon.

–Deberías retractarte por eso soldado, no insultes nuestra cultura o lo que sea que dijiste, gracias a nuestras batallas allá arriba, tu reino tiene paz, si no estuviéramos defendiendo ATIA con ayuda de los reinos y sus Reyes, si no fuera por lo que hacemos en la superficie, tu reino se reduciría a burbujas en el océano –reclamó Ramsus, logrando así que el soldado guardara silencio.

–Pueden entrar, las puertas siempre permanecen abiertas, no hay motivos para vigilar, el único vigilante está en la superficie, el anciano los espera.

Ramsus y el Capitán entraron. A la espera de una nueva impresión, Ramsus caminó mientras observaba a su alrededor. En ese pasillo había en cada pared grandes pinturas en las que estaban plasmadas las criaturas habitantes de la tierra; al mirar hacia otro lado vio algunas más que llamaron su atención: un Typhoon montado en un dragón marino, otra de un Typhoon montado en un Kraken, y había otra pintura en donde estaba un ejército de Typhoon haciendo una poderosa tormenta eléctrica.

–Es increíble que estos guerreros sean como dioses –señaló el Capitán.

–Sí, pero su temperamento es molesto –contraatacó Ramsus.

Después de caminar por pasillos cortos, llegaron a lo que era en Terra la "Sala Principal". Ahí escucharon el eco de una voz.

–Bienvenidos al Templo del reino de Aqua, siéntase cómodo Capitán, mientras atiendo al joven Paladín; suba por las escaleras y entre a la primera habitación que vea, ahí le esperan mis guardias para recibirlo, pero tranquilo, no lo atacarán, lo guiarán hasta mis aposentos.

–Esperaré aquí, sigue adelante.

–Bien, Capitán, no tardaré, sólo entregaré esto.

Ramsus avanzó, subió por las escaleras y llegó a la primera puerta, como le había dicho la voz, aparentemente la del anciano del templo; al abrirla observó en su interior a cinco soldados de élite, cuatro de ellos rodeaban un gran caldero. El otro Typhoon le pidió a Ramsus que entrara y subiera al caldero. Sin dudarlo, Ramsus subió al caldero que estaba lleno de agua y se mojó hasta las rodillas. Miraba a los cuatro soldados que rezaban y hacían movimientos extraños con sus manos y en un parpadeo, desapareció, como si este tuviera un fondo profundo, al sentir una caída libre, después, con la misma fuerza sintió que subía de regreso, pero al salir de ahí se dio cuenta de que estaba en otro caldero y en otra habitación. Ramsus quedó perplejo ante lo ocurrido.

– "Por el Redentor, ¿Qué ocurrió?" Se preguntó Ramsus sorprendido. En ese momento se abrieron las puertas de la habitación y entraron dos soldados de élite, quienes lo ayudaron a bajar y lo llevaron empapado hasta donde se encontraban los aposentos del anciano del reino de Aqua.

Después de ser llevado por cuatro corredores entraron a ocho habitaciones para luego pasar por un laberinto de más pasillos. Finalmente Ramsus llegó a los aposentos del anciano Guardián del reino de Aqua. Los guardias dejaron a Ramsus en la hermosa habitación. El techo era un domo de cristal donde podía verse las profundidades del océano y la poca luz que llegaba de la superficie.

–Veo que llegaste muy rápido, disculpa por haberte mojado debido al portal–. Uno de mis soldados debió advertirte sobre eso, pero no hay de qué preocuparse, no creo que mueras por estar mojado, esperemos que no sea así; por cierto, bienvenido soldado de Terra –resonó la voz.

–No era necesario el baño, pero no lo discutiré, aquí está el motivo de mí llegada señor Gran Guardián del oeste.

Ramsus sacó la pequeña caja y observó hacia todos lados con el fin de encontrar al anciano.

–Déjala ahí, donde sea visible y márchate, uno de mis soldados te llevará a ti, a tu Capitán y a la tripulación de regreso a casa, gracias por venir… hasta pronto nieto de Byron.

–Ramsus no buscó reaccionar ante la actitud prepotente del anciano Guardián del reino de Aqua. Repentinamente un Typhoon abrió la puerta de la habitación y lo llamó. Molesto, dejó la habitación y se retiró con el Typhoon, repitió el recorrido hasta el portal para así encontrarse con el Capitán a quien observó en su camino también escoltado por otro guardia.

– ¿Por qué estás todo mojado hijo?

–Historia increíble Capitán...

–Pudo haber sido peor, nos hubieran despedido con un puntapié –el sarcasmo del Capitán hizo voltear al Typhoon.

–Disculpe que no haya disfrutado de nuestra hospitalidad, pero nosotros no acostumbramos recibir nuevos huéspedes, ahora síganme, los llevaré a casa.

– ¿A casa? –Preguntó Ramsus.

El Typhoon no dijo más, solo los escoltó del templo hasta la ciudad y de ahí hasta la superficie, desde donde salieron de la estructura hasta la orilla de la isla. Para ese momento ya había caído la noche, la luz de la luna iluminaba los alrededores.

–Suban a su navío, yo haré el resto –exhortó el Typhoon.

Ramsus y el Capitán subieron al bote donde los esperaban para regresar al barco. Ya dentro del gran navío, Ramsus corrió a ver hacia donde estaba el Typhoon; en ese momento, el guerrero de élite abrió los brazos, Ramsus a lo lejos sólo lo miraba, hasta que recordó lo que había visto–el portal–susurró Ramsus. En ese momento llegó el Capitán, todos voltearon hacia abajo, el agua a su alrededor estaba vibrando, chapoteando toda su superficie. Entonces todo el barco comenzó a vibrar cada vez más fuerte.

– ¿Qué está haciendo ese sujeto? –Cuestionó un marinero.

– ¡Que todos se sujeten de cualquier cosa! –Exclamó el Capitán.

Toda la tripulación corrió a buscar algún escondite o cuerda para sujetarse, Ramsus apenas lo hacía cuando de pronto todo se vino abajo. Como ocurrió con él, la embarcación cayó sobre un hoyo creado por la magia del Typhoon; todo se volvió oscuridad y silencio; En unos segundos el barco se detuvo en medio del olvido. Ramsus volteó a su alrededor, no había nada, sólo la oscuridad del cero absoluto alrededor de ellos. Repentinamente el barco que hacía unos momentos descendía bruscamente, ahora comenzaba a subir de una forma frenética; la poderosa embarcación ascendía rápidamente hasta lograr ver la luz, sentían que regresaban de donde habían caído, como si el Typhoon que los hizo descender los regresara de nuevo.

Después de subir a la superficie, la tripulación confundida y algo asustada logró finalmente salir para ver lo ocurrido. En la conclusión de su aventura, sus rostros, se llenaron de asombro, estupefactos podían reconocer que ya no estaban en los mares del reino de Aqua, sino en otro lado; por la luz del día y la claridad del mar observaron a unas millas un puerto y las banderas que ondeaban a lo lejos, pertenecían a las del reino de Terra; los miembros de la tripulación, asombrados y felices, comenzaron a dar gritos de alegría, estaban confundidos e impresionados, pero eso no impidió seguir festejando el acontecimiento, llevaban largo tiempo navegando, estaban acostumbrados a navegar durante meses, pero llegar a casa en un parpadeo, eso sí era algo por lo cual estar felices.

–El anciano Guardián me había enviado una carta sobre eso, que confiara en ellos, y mira, nos trajeron a casa, no creí que fuera tan rápido –confesó el Capitán, tranquilo y satisfecho de su aventura.

–La verdad este viaje fue algo que vale la pena contar, toda una gran aventura Capitán, grandiosa –Ramsus no tenía palabras para describir lo vivido en ese viaje–. Ahora debo ir al templo para dar por cumplida esta misión.

–Enviaré un ave mensajera al templo para que dispongan un transporte para ti, en lo que desembarcamos ellos llegarán y podrás irte a casa de inmediato.

–Iré por el resto de mis pertenencias.

–Por supuesto, ve con cuidado.

Finalmente, el poderoso navío de batalla llegó al puerto y comenzó a desembarcar. Ramsus bajó y esperó su transporte de regreso a Terra cuando se hizo presente el Capitán.

–Fue un honor haber hecho este viaje, gracias a ti recordé un pedazo más de los mares del oeste, por lo menos sé dónde está Aqua exactamente, para no ir jamás –bromeó el Capitán con una sonrisa.

Así llegó un pequeño grupo de cuatro jinetes. Al acercarse cada vez más podían distinguirse: eran soldados templarios de Terra, y no sólo eso, sino también sus amigos: Tremis, Runah, Anumho y Maudy.

–Me alegro verte –saludó Tremis–. Sus ojos brillaban de gusto por ver de nuevo a Ramsus.

–Vinimos tan rápido como recibimos el mensaje y te trajimos un caballo, el de Tremis –dijo Anumho–. Ramsus sonrió y subió a su montura con Tremis.

–Gracias por todo Capitán, espero volver a verlo.

–No hay nada qué agradecer, espero un día poder verte luchar en batalla –el Capitán ondeó su sombrero en señal de despedida.

–Así será –respondió, dio la vuelta y marchó hacia el templo Terrano. Escuchó los gritos de despedida del resto de la tripulación y se alejó poco a poco del puerto. Había concluido otra aventura.

Ramsus y sus amigos cabalgaban a gran velocidad rumbo a la ciudadela de Terra.

–Cuéntanos, ¿Cómo te fue? –Pidió Maudy.

–Fue grandioso, nunca me había emocionado tanto, claro, desde mi primera misión, pero este viaje fue increíble, no creerán lo que vi allá.

Durante el transcurso, Ramsus les contó todo lo sucedido en su viaje rumbo al Reino de Aqua. Antes de llegar a la ciudadela de Terra, los cinco amigos llevaban tiempo de sobra por lo que decidieron desviarse un poco por el bosque para tomar aire fresco entre los verdes árboles. Después de contar completa la increíble historia del viaje, finalmente los cinco amigos cabalgaron hasta la ciudadela. Al entrar, Ramsus sonrió entusiasmado por regresar a casa después de largo tiempo lejos de ella; al llegar a las puertas del templo, bajaron de sus monturas y corrieron hasta donde lo esperaba el anciano.

–Ramsus, has regresado sano y salvo –el anciano abrió los brazos para recibirlo.

–Misión cumplida abuelo.

–Creo que el amigo Ramsus necesita un momento a solas con su abuelo –dijo Runah. En ese momento salieron a esperar a Ramsus.

–Entonces, conociste al Gran Guardián Aquariano.

–No del todo, jamás lo vi, entregué el paquete y enseguida me sacó de ahí.

–Ese respetable hombre, junto con sus discípulos y ciudadanos tienen un temperamento especial, son todos así, no te sientas molesto por su comportamiento, tratarás a todo tipo de gente, además es muy importante recordar que todos estamos del mismo lado, olvidemos todo eso, mereces un descanso, por hoy ya es todo.

–Pero primero voy con mis amigos, deseo estar con ellos un momento.

–Antes de marcharte quiero pedirte algo, no regreses ebrio, eres un oficial y debes dar el ejemplo de la disciplina –advirtió el anciano.

–Lo haré, además no sé ni qué hora es, después de una larga noche regresé instantáneamente del otro lado del mundo en un amanecer, me siento cansado, pero contento, después de ver a mis amigos descansaré un poco.

Sin tiempo que perder corrió de prisa sin importar el peso de su espada que siempre cargaba en su espalda. El tiempo era oro para disfrutarse con los amigos. Acompañado de éstos fueron a comer a su restaurante preferido.

–Un Kraken debe ser algo terrible, no quisiera toparme con uno mientras estuviera pescando –dijo Anumho.

–No creo que pueda engullirte, eres demasiado aburrido como para comerte –contraatacó Runah con sarcasmo.

–Muy graciosa, Runah, por lo menos no se asustaría de ver mi cara –señaló Anumho.

–Yo no soy fea, Anumho, ¿Verdad, Ramsus?

–Claro que no, además esos Kraken sí nos comerían a todos, son enormes.

–Esas criaturas que describes, sirenas, ¿No son las bellas criaturas que se cree que son? –Observó Tremis.

–Hay un tipo de sirenas que no son como las que creíamos que eran, pero hay otras que embellecen el mar; la que casi estaba por devorarme era horrible, aunque al principio no lo había notado.

–Debiste pasar por muchos peligros, todo para que el anciano sólo te diera las gracias y te despidiera sin educación –dijo Tremis.

–No recuerdo si me agradeció, lo mejor es que cumplí mi misión, el abuelo dice que no debemos sentirnos mal por gente que no valore nuestro esfuerzo, lo importante es qué hacemos nuestra parte para guardar el equilibrio de ATIA, todos estamos del mismo lado, cada quien hace lo que puede y como puede.

–Palabras muy sabias para ser tuyas, Ramsus –advirtió Anumho.

Después de pasar un buen rato con los amigos, Ramsus bostezó de cansancio.

–Estoy cansado, sé que es de día aún, pero créanme que hace unos momentos estuve en el anochecer del otro lado del mundo, necesito dormir, mañana platicaremos, por cierto, ¿Tienen alguna misión pendiente en estos días?

–No, en estos días no, creo que hay algunas misiones que cumplir, en todo caso se las han otorgado a los recién iniciados –dijo Tremis.

–Entonces mañana los veo –Ramsus bostezó y terminó de despedirse de sus amigos.

Tan pronto llegó a su habitación se quitó las pesadas botas, acomodó su espada, se quitó su túnica y el uniforme, tomó una ducha y al terminar se vistió con algo más suave, caminó hacia la cómoda de su habitación, sacó una hoja de papel, una pluma y un pequeño recipiente con tinta para escribir un mensaje a su amada Riddel. Había olvidado escribirle debido a las misiones anteriores. Después de hacerlo enrolló la hoja y llamó a un soldado desde su balcón.

–A la orden señor Ramsus.

–Soldado, necesito que lleves este mensaje a la oficina de correos, los datos a quien dirigirse están escritos en la carta.

–Así será, cuente conmigo señor –respondió el soldado quien guardó su carta en una pequeña balija para así retirarse del lugar.

Después de cumplir con su pequeña responsabilidad, se acostó a dormir; un merecido descanso como recompensa a tan importante labor. Como ya era costumbre, Ramsus valoró lo que significaba dormir en una acogedora cama después de cada misión.

XII
MISIÓN A DOOMTANY

Transcurrieron treinta días desde que Ramsus terminó su misión en el reino de Aqua. En Terra y sus fronteras todo estaba en paz y en armonía, pero un mensaje que recibiría el anciano Guardián de Terra estaría por cambiar ese panorama. El anciano se encontraba tomando un poco de té en el balcón de su habitación cuando recibió dicho mensaje, al leerlo su rostro se entristeció, en ese momento salió y pidió convocar a los maestros y reunirlos en la habitación de estrategias.

– ¿Por qué nos llamaste Byron? –Preguntó Adamústh.

–Señores, estamos en una gran crisis, ¿Recuerdan hace días la actividad extraña en las inhóspitas tierras de Doomtany? Habíamos enviado a cincuenta de los recién iniciados para investigar los extraños sucesos en ese lugar, al no reportarse se envió una segunda patrulla. Acaba de llegar un mensaje por parte de la segunda patrulla Terrana: dice que nuestros Paladines han sido encontrados muertos, masacrados en el desierto –informó el anciano con la mirada baja.

Asombrados y aterrados por la noticia, los maestros comenzaron a mirarse unos a otros y a preguntarse entre ellos el porqué de lo sucedido, nadie podía creer la desgarradora noticia dada por el anciano.

– ¡No puede ser posible! –Exclamó Obed.

–Enviamos a más de uno con experiencia, ¿Quién pudo hacer semejante barbaridad? –Preguntó Kayleen.

–Al parecer los cuerpos muestran heridas de un cruel combate y algo peculiar, algo que al leer este mensaje no me quedó duda alguna de que se trata de alguien a quién temer, los cuerpos tenían una herida profunda en el estómago, pero hay algo que agregar, todos fueron decapitados, sus cabezas fueron reclamadas pues no hay rastro de ellas –dijo el anciano.

En ese momento los rostros de los maestros mostraron confusión, miedo y desesperación.

–Pero nosotros estábamos seguros que su presencia maligna había desaparecido en Kraznang, no pudo haber sobrevivido –dijo Dowen.

–Tal vez se trate del radical resto de sus seguidores quienes ahora actúan de una forma más inhumana –señaló el anciano.

–Pero si se tratase de él, ¿Por qué está en Doomtany? –Preguntó Judel.

–Tal vez debe estar en busca de las reliquias del centinela Celestial –dio a conocer el maestro Obed.

Unos a otros se miraban aterrados al escuchar la teoría del maestro.

–Pudiera ser posible, pero ¿Cómo es que se habrá enterado? –Inquirió Admir.

–No lo sé, pero esa actividad maligna que se detectó y mató a nuestros soldados en Doomtany nos revela y confirma que tal vez sabe que está ahí, si es así significa que no sabe el punto exacto en donde se encuentre, puede que estén débiles y necesiten reagruparse, las barreras para obtenerla son difíciles pero no imposibles, si llegara a encontrarla sería el fin para todos –advirtió el anciano.

–Pero aún tenemos una esperanza, él todavía no la ha encontrado, podemos llegar y detenerlos antes de que sea tarde –sugirió Sayack.

–Entonces debemos actuar, enviaremos un mensaje a los demás templos para mandar soldados allá –compartió el anciano.

–Tardarán semanas en llegar los Ignianos y las Aerianas, opino que nos adelantemos, los únicos cercanos a Doomtany somos nosotros, debemos actuar –apuró Adamústh.

–Eso es cierto, también podemos enviar un mensaje al Rey de Terra para que nos destine soldados y que los nuestros no estén solos –terció Danústh.

–Es una buena idea, también deberíamos pedir ayuda a Rásagarth, deben participar, estamos hablando del enemigo de ATIA –afirmó Admir.

–La colonia Rásagardiana más cercana está a un día de distancia, podrían llegar mañana a Terra y partir hasta Doomtany –dijo Dowen.

–Las ideas son buenas, debemos actuar, informaremos a los otros templos del acontecimiento para que envíen fuerzas, al Rey de Terra para que nos apoye con un ejército, y enviaremos un mensaje al Mariscal Rásagardiano para que vengan de inmediato, nos encargaremos de enviar a los mejores soldados del temple Terrano; mientras llegan los refuerzos de los otros reinos, nos adelantaremos a tomar gran parte del terreno para acorralar al enemigo –indicó el anciano.

– ¿Por qué no envías a tu nieto Byron? En caso de que el Libertador esté vivo podemos contar con Ramsus para llevar dicha tarea, él ya enfrentó a ese ser maligno cara a cara y lo venció, podríamos derrotarlo con mayor facilidad si él va –sugirió Abdiel al anciano.

–Mi nieto ha pasado por mucho, pero sí es una esperanza para esta misión, no permitiremos que nos lleven ventaja, yo me haré cargo de elegir a los mejores soldados de la élite de Terra, ustedes encárguense de enviar los mensajes, debemos comenzar en cuanto nuestras fuerzas estén unidas, debemos ser numerosos y golpear tan fuerte como podamos –urgió el anciano para evitar lo ocurrido en Tugner.

Todos se organizaron rápidamente para enviar los mensajes e iniciar un movimiento importante para salvaguardar el destino de ATIA. Kayleen escribió un mensaje para Aeros, Dowen a Ignis, Sayack y Danústh una carta a los reinos de Aqua y de Rásagarth, Obed destinó un mensajero al Rey de Terra para que este prestara sus tropas en una batalla emergente.

Por su parte, el anciano Guardián mandó llamar a Ramsus, Tremis, Runah, Anumho y a Maudy junto con un grupo de cien soldados de la élite templaria de Terra: habían sido elegidos para la misión. Ramsus y sus amigos, junto con veinte de los soldados elegidos más fuertes, fueron convocados en una de las salas cerradas del templo, esto con la finalidad de no difundir el pánico en el templo.

–Joven campeón, oficiales y soldados de la élite templaria de Terra, han sido convocados por una razón importante, nuestros temores regresaron, el Pendón de la Reclamación o su líder el Insurrecto Deritán pudieron no haber sido destruidos, su presencia oscura se manifestó en las tierras de la muerte, en Doomtany. El grupo enviado fue masacrado, mostraba las mismas heridas que dejaban en sus víctimas, pero esta vez atacaron de otra forma más cruel –advirtió el anciano.

El rostro de Ramsus expresó coraje y desesperación.

– ¿Cómo es esa otra forma de ataque señor? Preguntó Anumho.

–Además de destripar a las víctimas como forma peculiar de dejar su marca, ahora están cercenando las cabezas y al parecer se las llevan, tal vez como trofeos o para no reconocer a nuestros caídos.

–Ese monstruo no murió, ¿Cómo pudo haber sobrevivido? –Preguntó Ramsus impactado por la noticia.

–No lo sabemos, sin embargo ya cobró vidas, por eso han sido convocados aquí, han sido elegidos como los guerreros que asegurarán su destrucción definitiva, no estarán solos, esta vez no lo estarán, hemos convocado a Rásagarth, Ignis, Aeros, Aqua y a soldados de Terra para que los acompañen y apoyen, partirán mañana con una caravana integrada por un ejército de soldados de los reinos de Rásagarth y Terra, serán la primer oleada, los guerreros de los otros reinos tardarán en llegar, mientras tanto estarán seguros si son numerosos, esta vez no dejaremos que escape –vaticinó el anciano.

– ¿A qué hora partiremos mañana Gran Guardián? –Preguntó Tremis.

–Será a primera hora, en cuanto las tropas de Terra estén formadas allá afuera todos partirán.

–Eso significa que será de inmediato –afirmó Runah.

–Sean serios en su misión, para la mayoría de ustedes será la primera vez que enfrenten una situación de crisis como esta, no subestimen lo que encuentren, estamos hablando de maldad pura, no los minimicen, ellos no lo harán, no tendrán piedad; por favor no digan absolutamente nada de esto, no queremos que cunda el pánico en Terra. Pueden irse, prepárense porque esto es definitivo, a la señal del cuerno de reuniones ustedes saldrán del templo de forma discreta rumbo a la ciudadela, vayan por sus monturas y reúnanse con quien dirija las tropas del Rey Nuster. Que el Redentor los bendiga a todos –se despidió el anciano Guardián.

Todos se retiraron rápidamente, algunos alegres por desempeñar esa misión, sin imaginar con quién tratarían; otros muy nerviosos, incluso asustados, pero para Ramsus era una misión más; para sus amigos un nuevo reto que cumplir.

Antes de partir Ramsus se acercó al anciano:

–Esta vez acabaré con él.

–Sé que lo harás, tú comandarás al grupo de templarios hijo, ten mucho cuidado –recomendó el anciano–. Su mirada se tornaba algo triste, no miraba a Ramsus directamente a los ojos.

– ¿Pasa algo?

–Son sólo tensiones, la vez anterior no supe que habías enfrentado semejante mal, ahora estoy despidiéndote para que vayas y lo enfrentes.

–Lo entiendo abuelo, no fallaré, esta vez me cercioraré que todos estén muertos.

Ramsus salió de la sala, firme y decidido por llevar tan grandiosa responsabilidad, ahora comandaría a su propio batallón. Estaba concentrado en aplastar el legado de Deritán de forma definitiva, por lo que endureció su voluntad para cumplir su objetivo, pero antes de prepararse se reunió con sus amigos en uno de los jardines del templo.

–No puedo creer que no haya muerto ese ser despreciable –dijo Anumho.

–Creí que lo había destruido –confesó Ramsus con la mirada baja, una mirada triste.

–Es obvio que no se trata de Deritán, lo más probable es que sea lo que resta de su gente, nunca habían decapitado gente, tal vez sea una coincidencia su explicita forma de matar.

–Tal vez, pero existe la probabilidad de que lo haya hecho por odio a que Terra fue quien recibió la gloria por la actuación de Ramsus –comentó Maudy.

–Gracias amigo, ahora me siento mejor –respondió sarcástico.

–Tranquilo guapo, de ser así ahora nos toca a nosotros ir a encararlo también –se solidarizó Runah.

–Así es, no te dejaremos sólo para que acabes con él.

–Inclusive somos más y representamos a Terra, estamos de tu parte ahora, la lucha será más interesante todavía –puntualizó Maudy.

–Amigos, ¿Notaron algo en mi abuelo?

–Se advertía algo triste –corroboró Runah.

–Tal vez esté así por la noticia, Deritán es una verdadera amenaza, de nosotros depende destruirlo –dijo Anumho.

–Tienes Razón, esta vez acabaré con él, mañana destruiré a Deritán con mis manos o con las suyas, amigos –amenazó Ramsus.

En esa atmósfera de tensión el día pasó lento y pronto ya era medio día. Ramsus se despidió de sus amigos y antes de ir por sus pertenencias, fue al atrio a buscar a su abuelo, lo intentó durante un rato pero no lo encontró. Uno de los maestros le dijo que estaba en una reunión especial y que no podía atenderlo. Ramsus lo entendió y salió de ahí, se dirigió a su habitación y preparó sus cosas; otra misión difícil e importante, esto comenzaba a hacerse costumbre para Ramsus aunque no debería confiarse, se trataba de las desperdigadas sobras de un ser maligno, el mismo que alguna vez había enfrentado.

Apenas amanecía en Terra, al asomarse por la ventana, podía distinguir a lo lejos como ya un numeroso grupo de soldados Terranos se formaba hacia las afueras de la ciudadela, por lo que pronto habría que esperar a escuchar el sonido cuerno que le advirtiera el momento de salir a su misión. Emocionado, Ramsus sacó de su cajón la piedra de mar que le había obsequiado su amada Riddel; mirándola fijamente recordaba las palabras de ella: "Un beso inmortalizado en una joya"; mientras reflexionaba enamorado podía apreciar cada detalle de tan hermosa gema.

–Hoy me acompañarás amada mía, vamos a derrotar a ese monstruo de una vez por todas –Ramsus sacó de un cajón un trozo de cuero, estambre y aguja y comenzó a hacer un trabajo manual, en ese momento escuchó el tan esperado sonido que le daría la señal para iniciar su misión. Ramsus salió de su habitación más que vestido, bien armado con su enorme espada; en su cuello llevaba colgada la joya que le regaló su amada Riddel como amuleto de buena suerte. Dadas las circunstancias de que dirigiría un numeroso grupo de templarios, Ramsus decidió portar armadura para dar un buen ejemplo, un pectoral debajo de su uniforme y una hombrera protectora en su hombro izquierdo, una armadura ligera pero útil.

En el camino se le unieron Tremis, Runah, Anumho y Maudy listos para acompañar a su amigo y compañero. Afuera los esperaban veinte de los cien soldados que les servirían de apoyo. Todos saludaron a Ramsus como su legítimo Comandante, Ramsus devolvió el saludo; satisfecho de lo ocurrido, al igual que sus amigos, subió a su corcel. Los veinticuatro guerreros y su Comandante partieron rumbo a la ciudadela de Terra donde los esperaban dos ejércitos de dos mil quinientos hombres integrados por valientes soldados Terranos. Al llegar Ramsus escuchó:

– ¡Oficial templario en la zona! –Exclamaban los soldados saludando a Ramsus, en ese momento se le acercó un soldado de alta jerarquía.

–Es un honor que sea usted quien nos acompañe con todos esos Paladines joven Ramsus, soy el General Abturg Ras, representante de toda esta tropa Terrana y Rásagardiana.

–Un gusto conocerlo General, me pongo a sus órdenes para apoyarlo en esta travesía.

–Será una incursión compartida, trabajaremos en equipo, yo iré al frente dirigiendo a la infantería, caballería y arqueros a caballo, sus tropas pueden apoyarnos desde la retaguardia o cual sea la formación de su preferencia.

–Usted estará a cargo, yo estaré por la retaguardia, conozco las formaciones en eso no tendrá problema.

–Jamás la tendría con una leyenda como usted.

–Llegó el momento de dar nuestra parte para dar fin a la maldad, será glorioso que esté ahí para presenciar esto General.

–Así sea legendario Ramsus.

El rostro del joven se llenó de emoción, pues más que armados estaban listos para superar a su adversario en cantidad y habilidad; en cuanto estuvieron en sus posiciones, el General dio la orden de marchar.

Doomtany no estaba tan cerca como se decía. Tenían que hacer un viaje de un día completo para llegar a un inmenso lago, la única conexión para llegar a Doomtany. Después de cruzar avanzarían hasta lo que serían los últimos valles verdes, sólo para llegar a un interminable desierto. Con los mejores guías todos estaban a salvo de no rodear o perderse en ese inhóspito lugar. Su primer destino, el lago "Lunny", hacia donde la caravana se dirigió rápidamente sin detenerse.

Comenzó a atardecer y conforme avanzaban, la noche cubrió el cielo con su manto oscuro. La orden era detenerse y levantar un campamento con una instalación militar para pasar la noche; Ramsus se reunió con sus amigos en una fogata cerca de un árbol.

– ¿Cómo se sienten en esta misión?

–Emocionado, amigo Ramsus, somos parte de tu propia armada, no a cualquiera le confían un ejército conformado por Paladines –dijo Anumho.

–No cabe duda que esto va enserio, ese Insurrecto no tendrá ninguna oportunidad –sentenció Runah.

–Espero que la batalla sea igual que como en Zórum –confió Maudy.

–Es lo más probable, los Reclamadores utilizan guerreros de invocación, sólo debemos encontrar al invocador y su ejército será polvo, después de eso terminaré con el –puntualizó Ramsus.

–Según el guía, dijo que estamos a unas horas de arribar al lago, estoy ansioso por llegar al gran desierto de Doomtany –dijo Maudy.

–Doomtany, ese nombre me parece familiar, hay una historia de ese lugar, pero no recuerdo, bueno, me viene a la mente la historia de la "súper-arma colosal" –comentó Anumho.

–"Súper-arma Celestial" es una leyenda, esa historia no es real, lo sé porque alguien me la contó –indicó Tremis.

–Cuéntanos esa historia –pidió Runah.

–Les contaré. Hace mucho tiempo hubo una gran guerra; dicen que del cielo cayó, nadie sabe que es, algunos dicen que es una espada, otros un hacha, otros una armadura, pero es un arma poderosa creada por el Redentor para acabar con el mal, la escondió en un lugar en donde nadie puede llegar a ella, esto para asegurar que el mal no la tome; pocos saben la historia tal y como sucedió. Pero dicen que en esas tierras inhóspitas hay ocho montañas que juntas se llaman la "Corona de la Muerte", ahí es donde dicen que se ocultó el arma, por eso en Doomtany hay muerte y desolación para que nadie se atreva a ir a buscarla; si uno se interna en ese gran desierto termina muerto de sed o asesinado por seres misteriosos que habitan ese lugar, quién sabe si exista.

–Imposible, he estudiado cartografía y no existe tal lugar registrado –comentó Anumho.

–Bueno, tampoco se ha explorado por completo el territorio –le respondió Runah.

–Yo solo debo decir que ambos tienen razón, hasta no demostrarse lo contrario –apoyó Ramsus muy sonriente.

–Tal vez la estén buscando, digo, esto sería más una carrera para ver quien la encuentra y la usa en contra del otro.

–No juegues con eso Anumho –dijo Runah.

–Lo siento, pero imaginen lo que podrías hacer con ella.

Los cinco amigos continuaron conversando amenamente. En ese momento Ramsus se levantó y fue a organizar la guardia. A su regreso sólo estaba Tremis vigilando la fogata, los demás ya se habían ido a dormir.

–Sabes, a veces recuerdo cuando éramos niños, te veo ahora y parece que fue ayer cuando nos iniciamos, ha pasado un largo tiempo y seguimos aquí, en este trabajo las misiones hacen que el tiempo vuele. Cuando era niño soñaba con ser un gran soldado, sin darme cuenta pronto fui creciendo hasta convertirme en un Paladín, y mira, cumplí mis sueños, me sentí tan poderoso, pero aún recuerdo mi primera misión cuando estuve tan confiado, que ingenuo, casi muero de hambre y de frío, un hombre murió en mis manos, el destino me llevó a una de las misiones más peligrosas y jamás anunciadas, sin pensarlo encaré al Insurrecto; lo desafié y le hice batalla, por poco y mis sueños se truncan con mi muerte, estuvo a segundos de matarme, solo imagínate el terror que sentí al pensar que acabaría todo ahí, que en tan solo un instante todo se desmoronaría –aclaró Ramsus.

–Diste una gran batalla, eres muy fuerte, tal vez la confianza no es algo bueno después de todo, si uno se confía subestima al enemigo que no conoce y entonces todo acaba.

–Tremis, mañana no quiero que te confíes, aunque el enemigo será igual al que enfrenté en mi primera misión, los guerreros Reclamadores no son enemigos dignos de nosotros pero sí numerosos y tramposos, trataremos de atacarlos a la luz del día, por las noches tienen ventaja, además mi abuelo nos observa desde Terra.

– ¿Tu abuelo nos observa? ¿Cómo?

–Cerca de mí hay una pequeña esfera que levita, con ella mi abuelo monitorea todo lo que hay alrededor de nosotros, Aqua lo desarrolló para facilitar la seguridad, allá puede ver lo que ocurre aquí, no sé dónde está en este momento pero se utilizará para asegurar esta vez la victoria presenciando la muerte del Insurrecto Deritán y sus seguidores del mal.

–No pongas todo en tus hombros, recuerda que en estos momentos los mejores soldados del mundo vienen hacia acá para apoyarnos, y si son los mejores significa que Riddel viene también.

–Riddel, no lo creo, su participación en Kraznang y Tugner fue similar a mi caso, solo iba pasando cuando se involucró, sinceramente sufro al tenerte aquí, expuesta a todo.

– ¿Sufres?

–Tremis… eres alguien a quien aprecio tanto, exponerte al peligro solo me hace notar ante todos lo irresponsable que suelo ser, tu siempre proteges mi espalda pero en cambio yo siempre te expongo, por mi negligencia casi nos matan en Zórum.

–Pero no fue así…

–Y no lo será, ahora he cambiado esa forma de actuar tan imprudente, prometo que de ahora en adelante al frente iré yo y tú cubres mi espalda, pero esta vez no seré tan descuidado.

–Claro Ramsus –contestó sonriente – por cierto, sobre Riddel, ¿Volverás a verla?

–No puedo saberlo con precisión, más si ella mantenga su propósito.

–Sería maravilloso que te casaras con ella, aunque ella por ser princesa tenga que ser obligada a casarse.

–Ella y yo tenemos un plan, hace tiempo que estamos en contacto, nos enviamos mensajes, pero en estos días no me ha mandado ninguno, tal vez por lo que está pasando en este momento, no lo sé, pero lo que sí es seguro es que en cuanto la obliguen a casarse ella escapará y se reunirá conmigo, dejaría todo por ella, aunque desertar sea mi peor error.

–Es el peor error para todos, aunque estás muy decidido a sacrificar el sueño de todo guerrero por ella, eso es lindo pero no muy inteligente, no renuncies a tu sueño por ella.

–No he renunciado, tengo un segundo plan, con los suministros que nos dan y con lo que he reunido compraré una extensión de tierra, haré una granja y la llevaré ahí, será en un lugar secreto sólo por nosotros conocidos, y por ti claro.

–Debes amarla demasiado para pensar así, espero encontrarla y conocerla.

Tremis sonrió a Ramsus y lo miró de frente.

–Sabes, yo sentía algo por ti, algo más que amistad, pero me di cuenta de que no fue amor, sino el sentimiento cercano a un ser querido, un hermano; tú fuiste la inspiración para llegar a ser lo que soy ahora, toda mi familia murió en guerras y peleas, sólo tenía a mi tío Zackata quien nunca regresó; no tuve a nadie, pero los maestros y tu abuelo me trataron como si fuera su hija, tú llegaste y me trataste como a una hermana; Artanus y Kralún aparecieron con el tiempo haciendo más que una amistad, una hermandad inseparable, bueno, casi inseparable.

–Artanus y Kralún están en alguna parte de este mundo, es cuestión de buscarlos y encontrarlos, sin duda Rásagarth no los perdonará, pero es culpa de su injusticia, no de ellos, así que hay forma de ayudarlos, podrán cuidar mi granja mientras estoy ausente, claro que tú también si gustas puedes vivir ahí –Dijo muy sonriente.

Tremis y Ramsus siguieron platicando a la luz de la fogata y de la luna; luego de algunas horas decidieron descansar para estar saludables al amanecer.

Al día siguiente; el ejército Terrano levantó el campamento y todos se reunieron para comer antes de continuar su camino. Ramsus se sentó a comer con sus amigos y con el guía.

–Después de subir por estas colinas bajaremos hasta llegar al gran lago, no podemos cruzarlo, debemos rodearlo para llegar al otro lado, luego pasaremos por unos grandes peñascos, subiremos por terreno inestable hasta llegar al desierto de Doomtany –explicó el guía

–Por cierto, soldado, ¿Ha escuchado hablar de la Corona de la Muerte? –Preguntó Ramsus al guía.

–La verdad no, ¿Qué es? –El guía respondió con otra pregunta.

Ramsus y Tremis se miraron y sonrieron al guía con una mueca.

–Era una duda, nosotros tampoco lo sabemos–. Ramsus volteó a ver a sus amigos, ellos sonrieron y siguieron comiendo.

Luego de desayunar, finalmente la caravana de valientes templarios representada por Ramsus se reunió con el resto para continuar su camino hacia las verdes colinas. Mientras pasaban por los acantilados podían ver el gran lago debajo; después de unas horas de trayecto toparon con este. El guía se adelantó para mostrarles el camino por recorrer, pero antes de seguir adelante se detuvieron para dar agua a sus caballos y recoger una poca para ellos, sería un largo recorrido a través del desierto.

Después de esta interrupción comenzaron a rodear como lo habían acordado para llegar al otro lado, sus alrededores estaban cubiertos por el verdor de los árboles; Ramsus percibía que alguien los observaba, tal vez era la ansiedad por encontrar a los enemigos y por fin ajustar cuentas, pero a la vez estaba tranquilo. Luego de años de lucha contra esa maldición, su destrucción significaría paz y tranquilidad para ATIA. Ramsus no debía fallar esta vez.

Al circundar el inmenso lago la caravana llegó finalmente al otro lado. El guía indicó el camino a seguir: subir por escarpados e inseguros acantilados para llegar a la cima. Todos se miraban unos a otros, el terreno parecía casi imposible de escalar, los caballos no podían subir, sin embargo, el guía dijo que era la única forma de llegar hacia arriba. Ramsus miró a la superficie y observó algunas monturas abandonadas.

–El grupo debió haber hecho lo mismo, guía, debe haber otro camino, no podemos dejar nuestros caballos, debemos subir como sea –dijo Ramsus.

El guía les mostró una parte del terreno menos peligrosa pero no segura y comenzaron a subir en fila; poco a poco y con la bendición del Redentor comenzaba el ascenso; finalmente rebasaron lo que creían sería su último obstáculo, pero unos metros adelante se podía apreciar el límite de los verdes planos, la última línea de árboles, sólo para advertir un temible y gigantesco desierto. A lo lejos podían ver el calor del sol abrasador en esa tierra muerta y desconocida.

–Ahí adelante, las tierras de Doomtany, en aquella dirección, hacia esas colinas ocurrió el ataque –refirió el guía.

–Bien, entonces vayamos allá –agregó el General.

Frente a ellos estaba el mayor reto, el General, el guía y Ramsus tenían que pensar en una forma de pasarlo sin enfrentar el endiablado y sofocante calor del desierto.

–Atacan en la oscuridad, si esperamos a que cese el calor, al llegar allá anochecerá; ellos debieron hacer lo mismo cuando fueron sorprendidos. Por lo que veo nuestros soldados debieron dejar sus caballos allá abajo y esperaron el atardecer para poder cruzar el desierto, estaban indefensos ante el enemigo; debemos partir cuanto antes –advirtió Ramsus.

–Sería un suicidio, los caballos morirán de sed, el coloso de fuego los vencerá.

–General, sino hacemos algo vendrán aquí y ante estos árboles estamos indefensos, si repetimos lo que hicieron nuestros soldados simplemente ocurrirá lo mismo, mire allá –Ramsus apuntó a lo lejos–. En aquella dirección puede observarse una arboleda, podemos ir a esa zona; si el enemigo fuera listo para atacar, mi base sería un refugio, ante el coloso de fuego el mejor refugio es un bosque fresco –concluyó.

–Tiene razón, entonces no debo seguir adelante, ya he cumplido mi parte, los traje hasta aquí y les indiqué el camino, no puedo acompañarlos –señaló el guía.

–Hiciste lo que debías hacer, suerte en tu regreso, ¡Que todos los soldados me sigan, nuestro enemigo está adelante! –Exclamó el General con la aprobación de Ramsus.

Todos los soldados Terranos incluyendo a templarios se colocaron sus capuchas y comenzaron a avanzar a paso lento pero seguro ante el coloso de fuego en esa tierra muerta. Sus corceles eran resistentes ante cualquier contingencia, aunque no podían confiarse de la situación para avanzar. Ramsus estaba completamente seguro de lo que hacía; ya que enemigos como los Reclamadores sólo atacarían de noche, sería un error para ellos salir ante el infierno de un desierto como el de Doomtany; por lo menos el invocador de esfera estaría en lugar seguro, era cuestión de tiempo encontrarlo, eliminarlo y así dejar nuevamente indefenso al enemigo para finalmente poder acabar con él. Todo templario confiaba en su experiencia, pues en diversas misiones había lidiado con ese tipo de enemigos, así que conocía su debilidad; aún era mediodía, si su ejército aguantaba el calor abrasador del desierto de Doomtany podrían llegar antes del atardecer y así atacar por sorpresa, debían hacerlo sigilosamente ya que podrían descubrirlos si atacaban primero.

Mientras Ramsus hablaba con sus amigos acerca del plan, comenzó a sentirse extraño, empezó a percibir una presencia maligna en el ambiente, escuchó susurros, como si rezaran, los mismos que había escuchado en Kraznang. Ramsus se alarmó: habían sido detectados.

–Nos han descubierto, prepárense y alerten a todos, formen un círculo defensivo –ordenó Ramsus tranquilamente para no demostrar pánico ante sus hombres.

–Veo que también está moviendo a mis hombres, ¿Ocurre algo joven Ramsus?

–La misma atmosfera tenebrosa de los Reclamadores, puedo escucharlos, sentirlos, no lo sé, pero están aquí.

–Tal vez el calor le ha afectado joven Ramsus.

–Debe confiar en mi General, sé lo que digo.

–Tengo la confianza ¡Todos hagan un circulo! –Ordenó el General convencido.

Era hora de pelear, pero no el tiempo para hacerlo, pues mientras sus amigos alertaban a los soldados comenzó a oscurecer rápidamente, de ser casi mediodía anocheció en un instante. Los soldados entraron en pánico, volteaban asustados hacia todos lados en completa oscuridad.

Ramsus comenzó a tranquilizarlos y ordenó a algunos de los soldados que sacaran una de sus esferas para iluminar el plano, éstos obedecieron; activaron las esferas bengala, en Terra solamente tenían que frotarlas y dejarlas levitar para así iluminar sus alrededores. Los soldados montados en sus caballos desenfundaron sus espadas y prepararon sus escudos, Ramsus sacó su imponente acero Claymore y comenzó a cabalgar alrededor de sus tropas como un defensor, los soldados formaron un círculo de dos filas, una fortaleciendo los alrededores, la otra detrás de ellos, listos para proteger y hacer resistencia.

– ¡Estén listos soldados! –Exclamó Ramsus mientras esperaba al enemigo.

Los soldados guardaron silencio, sólo había una luz en todo el desierto, la emanada de sus esferas bengala; escudriñaban los alrededores. Tremis, Anumho, Runah y Maudy se reunieron con Ramsus para apoyarlo, había un silencio inquietante, ningún ruido de parte del enemigo. Ramsus sabía que acechaban en alguna parte, sabía por dónde llegarían –No bajen la guardia, están aquí–. Ramsus volteó hacia todos lados, pero aún no veía a nadie, cada momento se hacía cada vez más desesperante.

Transcurrió más de una hora en completa tensión, no había señales o rastro del enemigo, estaban jugando con sus presas, las bengalas podían iluminar varios metros, pero su luz no alcanzaba a iluminar más allá de la duda de los soldados.

–Debemos seguir adelante, no hay enemigos –Manifestó el General.

–No, eso quieren que hagamos, que nos desesperemos y bajemos la guardia, sé que están aquí, puedo sentirlo, esto es obra de ellos –.Ramsus podía percibir las voces malignas, rezos y risas burlescas, esto podía hacer temblar a cualquier valiente guerrero pero él se mantenía firme.

–No bajen la guardia, Tremis, quédate a mi izquierda, Maudy y Anumho protejan nuestras espaldas, mientras estemos en nuestras monturas todo estará bien; Runah, prepara tu arco con una flecha encendida, quiero que la lances más allá de la oscuridad, debemos ver qué hay más adelante, si el enemigo está en aquel punto entonces atacaremos por allá, si no es así lánzala hacia aquella dirección.

Sin pensarlo dos veces Runah cumplió la orden de su líder, encendió una flecha y apuntó a larga distancia; al disparar, esta parecía un pequeño fósforo perdiéndose, pues era tan espeso ese manto de oscuridad que no se podía ver más allá, era como si estuvieran en el cero absoluto antes de la creación.

–Hay algo que no me agrada, Runah lanza flechas a nuestro alrededor – Ramsus dio otra orden a su arquera. Al ver el rostro preocupado de Ramsus, nerviosa, encendió tres flechas y con maestría y gran habilidad las lanzó por los puntos sur, oeste y norte, pero ocurrió lo mismo, no se podía ver más allá, solo eran pequeñas luces en la nada que los rodeaba. Transcurrieron los más lentos y desesperantes momentos de sus vidas; una gran tensión envolvió al numeroso ejército, poco a poco comenzaban a desesperarse, conforme pasaba el tiempo enloquecían de miedo, sobre todo se hicieron presentes los insultos de los soldados, culpaban a Terra por meterlos en ese lugar, insultaban incluso a sus líderes, palabras que no molestaban a Ramsus o al General pues comprendían su desesperación, pero tenían que actuar para tranquilizarlos o si no se quedaría sin soldados valientes en cuanto fueran atacados.

– ¡Silencio! Deben permanecer juntos, eso es lo que quieren ellos, esperar a que enloquezcan de miedo para después atacar, así es como lo hacen, utilizan el miedo como arma para usarlo en su contra, no podemos verlos pero ahora cada uno de ustedes comienza a escucharlos, están burlándose de nosotros. Deben recordar para qué nacieron y a quién deben proteger, soldados de élite templaría, somos pocos, ustedes son una centena con cinco más, han demostrado ser los mejores, por eso están aquí, para ser los defensores de los valientes y respetados soldados de Terra. Estamos juntos en esto, al escuchar los gritos desesperados e insultos de ambos bandos me hacen pensar que en realidad no son experimentados para la batalla, entonces sino están preparados para esto, ¿A qué vinieron? Esto es una guerra, tanto ustedes como yo sabemos que nos enfrentamos al mal; tiene muchas caras, la peor es el miedo, el terror, lo usan para debilitarnos y entorpecernos, pero tenemos una oportunidad, saliendo de esto iremos directo hasta el enemigo; fui capaz de enfrentar al Insurrecto, tuve suerte de haberlo derrotado, necesité de gran ayuda, ahora ustedes son el apoyo que necesito para llegar de nuevo a él y encararlo para acabar de una vez por todas con ese monstruo maligno y traicionero, ¡Están conmigo! –Exclamó Ramsus con todas sus fuerzas, con un gran valor en su rostro.

Tanto valor proyectaron sus palabras, que sus soldados gritaron juntos como muestra de que se prestaban para la gran batalla de sus vidas, los guerreros de élite se entusiasmaron con su dirigente, un guerrero valiente que certificaba ser el nieto del Gran Guardián de la abadía Terrana. Tremis, Runah, Maudy y Anumho levantaron sus armas y gritaron de emoción, motivados por las palabras de Ramsus. El convencimiento de sus soldados al escucharlas armaron de valor a cualquiera que estuviera ahí para derrotar al mal.

Ya no había miedo, sólo la tensión de no saber por dónde atacaría el enemigo. Ramsus pidió a sus soldados de élite que permanecieran bajo protección del ejército de ambos reinos, sus amigos seguían junto a él. En ese momento comenzó a disiparse la oscuridad, todos miraban hacia arriba cómo la oscuridad dejaba ver la luna y las estrellas, lo cual ocasionó otra preocupación a Ramsus, había anochecido; sin darse cuenta habían pasado todo el día preparados para una batalla que sólo quedó en un largo momento de tensión. Viniendo del mal no era algo de qué sorprenderse, pero realmente la trampa había resultado pues agotó mentalmente a los soldados y en especial a Ramsus.

–Horas esperando un ataque, pero nos hicieron esperar la noche, ahora tienen a la oscuridad para atacar, bien planeado malditos –Expresó Ramsus.

XIII
LOS CUERVOS DE ACERO

Un extraño viento helado soplaba a lo lejos, dejaba escuchar un sonido extraño y desgarrador, podía asustar hasta al más valiente al igual que a cualquier bestia; los caballos comenzaban a mostrarse temerosos, llegó el punto en el que tenían que tumbar a sus jinetes para huir despavoridos lejos de ese lugar.

–Bajen de sus caballos.

Ramsus y todos sus guerreros se vieron obligados a dejar sus cabalgaduras, era inseguro montar y pelear si el caballo estaba intentando huir; al final los dejaron en libertad.

–Es una trampa, pero ¿Dónde están? Las esferas debieron sacarlos de sus escondites, pero no hay nada–. Ramsus tenía poca claridad a lo lejos por lo que utilizó una esfera catalejo, apuntó hacia el frente y observó que ante la luz de la luna ese desierto permanecía libre de amenazas, delante de ellos no había enemigos.

–No hay nada, podemos seguir adelante.

Pero antes de que Ramsus diera la orden, un soldado cayó al suelo de forma espontánea, al asistirlo, el compañero de al lado descubrió una flecha enterrada en la nuca. Al ver esto los soldados se cubrieron con sus escudos, pero el enemigo no apareció. Por otro lado, el tiempo de las esferas bengala había terminado.

– ¿Cuáles son sus órdenes señor? –Solicitó un templario.

–Movámonos hacia la colina de aquel lado, todos con sus coberturas para no recibir el ataque de enemigo –Ramsus estaba dando la orden.

Repentinamente, en un instante, Ramsus, Tremis, Runah, Anumho y Maudy estaban juntos cuando fueron envueltos por otro espeso manto oscuro, todo se volvió silencioso.

– ¿Están ahí? ¿Dónde están? ¡Respondan! –Pero no hubo respuesta hasta después de unos momentos cuando la neblina oscura comenzó a disiparse.

–Estamos aquí –precisó Tremis quien estaba con Anumho Runah y Maudy detrás de Ramsus.

– ¿Qué pasó? –Preguntó.

– ¿Dónde están los soldados? –Inquirió Anumho.

–Más bien ¿Dónde estamos nosotros? –Cuestionó Ramsus.

–Sé dónde están los soldados, allá abajo–. Maudy apuntó hacia donde podía ver, ellos estaban en un acantilado a cientos de metros de su ejército; desde muy lejos podía verse la escasa luz de las esferas y al ejército enfrentándose al enemigo sin ellos.

– ¿Cómo fue que llegamos hasta aquí? No importa debemos ir hacia allá –ordenó Ramsus.

–Increíble discurso el tuyo, "Comandante" –se escuchó una voz gruesa de procedencia desconocida.

– ¿Quién eres? –Preguntó Maudy.

–Es increíble que hayas regresado después de que el maestro casi te mata, debo decir que eres un guerrero formidable, pero poco inteligente, desafiarlo una vez más ha sido un gravísimo error.

–Eso significa que el Insurrecto sigue vivo, ¡Manifiéstate, ser maligno, y encáranos! –Exigió Ramsus ante carcajadas burlescas y risas crueles.

De pronto desde la oscuridad apareció por todas partes un grupo de casi treinta guerreros rodeando a Ramsus y a sus cuatro oficiales.

–Me encargaré de ellos –dijo Maudy.

– ¡Alto Maudy! Hay algo en estos sujetos que no me da seguridad, no parecen ser cualquier simple seguidor del Pendón de la Reclamación –observó Ramsus, pues los guerreros que los tenían rodeados lucían distintos–. Éstos poseían armaduras completas y pesadas de un color metálico oscuro con cascos que les cubrían todo el rostro, la luna iluminaba los detalles de sus armaduras, parecían tener acabados de plumas de acero, eran muy diferentes a los otros, no parecían guerreros de invocación sino algo peor.

–Haz caso a tu superior, oficial, pues el menor error te costará la cabeza, –amenazó uno de los guerreros.

–Ya es tarde para eso –se escuchó tal amenaza acompañada de burlescas risas.

Al tener al enemigo en la mira, Ramsus activó una de sus esferas para estar listo y no darles oportunidad de esconderse en la noche.

–Manténganse juntos, estos guerreros son diferentes, nunca me enfrenté a ellos en Kraznang pero no deben ser invencibles.

Uno de los guerreros enemigos se lanzó al ataque contra Ramsus, portaba una espada larga, más que para combatir, para apuñalar a largo alcance. Ramsus lo esquivó y golpeó con su espada al adversario, pero resistió su ataque; nunca había enfrentado a un enemigo con armadura tan completa y resistente, le daría un poco más de trabajo derrotarlo.

–Debo decir que eso me dolió, has tenido suerte "ojos de Igniano", pero no volverá a pasar.

–Basta de tonterías *Interceptor* ¡Acabadlos! –Ordenó uno de los malignos acorazados.

Y así dio inicio una batalla, cada guerrero enemigo alejaba con una embestida o con un ataque a cada uno de los valientes templarios con el fin de separarlos y dejarlos en desventaja. A pesar de sus pesadas armaduras eran increíblemente veloces. Runah desenfundó cinco flechas y las lanzó a sus rivales, cayeron dos, pero tres se dirigieron a ella. Tremis luchaba contra otro guerrero de espada, su fuerza para levantar la Claymore y defenderse era efectiva, pero era casi inútil para atravesar la acorazada armadura de su contrincante, empezaba a sentir el agotamiento. Maudy comenzó bien su pelea, recibió a su enemigo con valor, pero entonces otro enemigo se agregó, ahora eran dos contra uno; Anumho peleaba contra un enorme guerrero que esgrimía un imponente mazo con púas grandes, medía cuatro metros, era como enfrentarse a un ogro, un ogro con armadura, atacarlo era casi imposible pero debía defenderse o morir.

Era una batalla incesante, un horror indescriptible. El ejército Terrano peleaba valientemente contra numerosos enemigos que salían de las profundidades de la oscuridad, acompañados por una lluvia de flechas que impactaban a los más descuidados, pero combatir contra un ejército de invocación era inútil, los que caían eran traídos a la vida de nuevo en cuestión de minutos; lentamente los valientes guerreros se agotaron y cayeron de uno en uno ante sus asesinos. Mientras tanto, los únicos capaces de derrotar a esos guerreros luchaban con enemigos nuevos y poderosos. Las habilidades de Ramsus le daban ventaja, pronto tenía a cinco guerreros peleando contra él, pero cuando caía un guerrero rápidamente era suplido por otro; no debía de agotarse rápido, pero el arduo trabajo en batalla y el ataque comenzaban a estresarlo.

No obstante, Ramsus cambió la cara de la moneda. Los que comenzaban a temer eran los soldados enemigos, sus gruñidos demostraban desesperación al lidiar contra él, los tenía controlados, algunos caían poco a poco. Cuando todo parecía estar a favor de los Terranos, repentinamente arrojaron a Runah contra una roca, se estrelló con tal fuerza que quedó casi inconsciente, sin embargo, casi espontáneamente, los enemigos corrieron por todos lados, cambiaron de estrategia y de contrincantes. El enorme ogro que atacaba a Anumho corrió hasta donde estaba Ramsus, y el guerrero de la espada larga se acercó hasta donde yacía Runah aturdida, llegó con tal odio y velocidad que atravesó sin piedad el vientre de la frágil Terrana con su mortal acero, tanta fue la fuerza que atravesó la enorme roca. Los cuatro templarios fueron alertados a escuchar los desgarradores gritos de dolor de su amiga, horrorizados trataban de buscar un espacio para ir en su auxilio pero debido al fragor de la batalla no podían acercarse para apoyarla aunque ya era demasiado tarde pues su verdugo comenzaba a sacar sus vísceras mientras sacudía su cuerpo con semejante acero atravesado.

– ¡Runah! ¡No! –Gritó impotente Maudy.

Ante semejante daño recibido, la joven Terrana comenzó a relajar su cuerpo, sucumbiendo ante la vacía tranquilidad de la muerte. Al ver caída a su amiga, Maudy estalló en cólera y corrió hasta donde se encontraba el cuerpo inerte de Runah pero su imprudencia lo convirtió en blanco fácil para el enemigo; mientras tanto Ramsus se acercó a Tremis para apoyarla, al llegar a ella la tomó de la mano y comenzaron a pelear con un ataque doble. Por la velocidad, Ramsus y Tremis no se concentraron en sus amigos. Mientras peleaban, uno de los enemigos embistió a Tremis, alejándola de su compañero, y dejó a este solo frente al resto de los contrincantes; al incorporarse, Tremis empezó a defenderse de tres enemigos más, mientras Ramsus comenzó a rechazar los ataques del enorme adversario que tenía enfrente.

Mientras luchaban, el imponente monstruo se detuvo y retrocedió, al parecer por la orden de otro adversario, se trataba del líder quien decidió encarar a Ramsus.

–Peleas muy bien, Comandante, así es como te dicen ¿No? Ahora veo por qué fuiste capaz de enfrentar al maestro y a todo su ejército tú solo, igualas su habilidad, eres muy veloz y por eso nadie puede tocarte, pero eso, amigo mío, termina hoy. ¡Muy bien guerreros, dejen de jugar, ahora acabemos con ellos! –Ordenó impaciente –eres hábil pero debo decirte que hay algo tan rápido como tú y tus antiguas habilidades no pueden esquivar… tu sombra.

El perverso oponente pisó la sombra de Ramsus y entró como si se tratase de un agujero. Ramsus miró estupefacto y temeroso al ver ese increíble evento; el enemigo salió de la sombra de Ramsus y le enterró una daga en el pecho; cual pudo haberlo matado pero tenía un pectoral ligero que lo protegió escasamente. El rostro de Ramsus mostró miedo, un temor que acalambraba sus músculos; no tenía ventaja ante eso, no podía esquivar con su proverbial agilidad: por primera vez había sido herido por un enemigo.

– ¿Qué clase de guerreros son ustedes? ¿Demonios del inframundo? –Preguntó Ramsus cuyo rostro reflejaba miedo e impotencia.

–Su vida ya está condenada y sus almas serán reclamadas, Templarios Terranos, contemplen a la élite de los maestros de las artes oscuras, ¡Sucumban ante la ira de los Cuervos de Acero! –Exclamó ante los aterrados ojos de los Templarios.

Los oponentes comenzaron emitir rugidos y gritos de batalla, mientras lo hacían se fundían en las sombras proyectadas por los objetos irradiados por la luz de la esfera bengala. En medio de la tensión, Ramsus miró a todos lados y sólo vio a Tremis paralizada de miedo por el enemigo; corrió hacia ella.

–Estos enemigos son increíblemente peligrosos, debemos salir de aquí.

Pero Tremis seguía quieta, sin responder, hasta que levantó el brazo para apuntar hacia el frente, Ramsus volteó y lo que vio lo horrorizó: los cuerpos masacrados de Anumho, Maudy y Runah, los tres ya apilados y decapitados, sus cabezas estaban posadas en una roca esperando ser reclamadas por aquellos verdugos. Ramsus estalló enfurecido, los sentimientos encontrados lo desequilibraron por completo hasta hacerlo casi perder la cordura. Empuñó con gran fuerza su espada.

– ¡Salgan cobardes! ¡Acabaré con todos! –Gritó enfurecido.

Pero cinco de los guerreros salieron de diferentes sombras en los alrededores, rodearon a Ramsus y comenzaron a atacarlo, ninguno lo tocaba, hasta que un guerrero salió de su sombra y le apuñaló la pierna derecha y el brazo izquierdo. Esto inutilizó la velocidad y la habilidad con la espada de Ramsus, ahora estaba indefenso; sus depredadores salieron de las sombras y comenzaron a patearlo y herirlo con dagas y espadas; intentó levantar su acero pero en ese momento el enorme enemigo se acercó y con tremendo garrotazo quebró la espada como si fuera de cristal.

–... mi espada– balbuceó Ramsus.

Tremis corrió para ayudarlo pero fue interceptada por cuatro enemigos que salieron de su propia sombra y con sus afilados aceros atravesaron la espalda y el estómago de la combatiente; al ver esta traumatizante escena, Ramsus se mostró impotente ante la situación, en medio de este espectáculo cruel y despiadado intentó correr hacia ella, pero con una pierna herida, cortadas y golpes en todo su cuerpo, sería difícil llegar a Tremis. Antes de dar tres pasos los guerreros malignos nuevamente lo derribaron y comenzaron a agredirlo de una forma cruel pues sabían que su mayor dolor no era físico; en ese momento dos de sus captores lo tomaron de los brazos y lo levantaron, uno de ellos en forma burlesca enfundó su abatido acero y el líder de ellos apareció, levantó su cabeza para que contemplara como su amiga Tremis agonizaba por las graves lesiones que le habían provocado cruelmente.

–A... A... Axi... –hablaba con dificultad...

–No... Tremis...

–La esfera que emite luz se está apagando, ya no podremos utilizar la habilidad de las sombras –comentó un guerrero.

–No importa ya... son todos nuestros –comentó otro guerrero.

–Yo... yo... los... mataré...

– ¡Suficiente Terrano! –Exclamó el líder de los Cuervos de Acero quien sacó una daga, sujetó a Ramsus del pecho y apuntó a su estómago.

La espada de Ramsus estaba completamente quebrada, su armadura resistió un poco, pero no lo suficiente para aguantar una apuñalada en el abdomen. Ramsus relajó su cuerpo mientras sufría el doloroso daño que le causaban mientras el enemigo se burlaba, deleitándose con el sufrimiento e impotencia del Terrano derrotado.

– ¿Puedes verlo Comandante? No eres tan invencible como todos creían, mañana se enterarán de lo ocurrido, pero nosotros estaremos lejos, el maestro cumplió su venganza; tu muerte y su regreso, es todo lo que pidió y lo hemos cumplido, sólo hay algo más que hacer… córtenle la cabeza a los dos, el maestro estará complacido –ordenó.

Los dos captores soltaron a Ramsus, uno de los guerreros oscuros sacó un hacha y se acercó a él.

–Tus señores te trajeron a morir Terrano, pero tus servicios tendrán otro uso, uno que si valdrá la pena –dijo uno de los soldados oscuros.

Ramsus yacía deshecho, veía el cuerpo caído de Tremis, sentía perdida su vida, ya no había nada que hacer, todo había acabado; dándose por vencido sacó el brillante que colgaba de su cuello, el regalo de su amada Riddel, y entonces su mirada se llenó de coraje. El guerrero lanzó tremendo hachazo al cuello de Ramsus, pero este lo esquivó; le arrebató su arma y la utilizó en su contra, saltó en una sola pierna, listo para defenderse, ignorando el dolor causado corrió hasta donde estaba otro enemigo tan rápido que nadie podía alcanzarlo. Ramsus estaba listo para atacar. Al quitárselo de encima alcanzó a ver a Tremis, corrió hacia ella y de una forma rápida la tomó en sus brazos, al notar que seguía con vida Ramsus sonrió y comenzó a correr para así intentar escapar; su única salida era un acantilado cuya bajada podía descender sin problema lejos de ellos, esta conectaba con un laberinto de enormes rocas, tenía solo una oportunidad.

– ¡Intentan escapar!

–Gálamoth… detenlo...

–A la orden…

Una silueta oscura toma el hacha con la que decapitarían a Ramsus y con fuerza la lanzó, esta sale disparada hondeando de forma precisa y directa al cuello del Terrano, aún consciente Ramsus utilizó su último aliento para esquivarlo, pero las heridas, el cansancio y la tensión provocaron un grave error de cálculo el cual hizo recibir el imponente y mortal proyectil en parte de su rostro, el golpe fue tan fuerte que lanzó el inmóvil cuerpo junto con el de su amiga hasta el precipicio, cayendo al lado más profundo del abismo, desapareciendo en la oscuridad.

Esa noche, las tierras de Doomtany fueron escenario de una tragedia más, pero había testigos, Ramsus y su ejército no estaban solos, los observaban desde Terra. La pequeña esfera que acompañaba a Ramsus servía como vigía en la misión y ante este hecho todos en Terra miraban aterrados el acontecimiento. En la sala de maestros, todos ellos y los oficiales iniciados veían con horror y tristeza los impactantes hechos ocurridos en Doomtany, el anciano estaba devastado al ver el cómo su nieto cayó en su misión, no lo soportó y se retiró de ahí. La maestra Kayleen lo siguió.

–Esto está mal, muy mal –reconoció Obed.

– ¿Quiénes eran esos sujetos? Nadie tiene esos poderes sobrenaturales –afirmó Dowen mientras Obed lo observaba.

Antes de que el hechicero moviera la bola de cristal, observó dos figuras, dos personas que conversaban en el campo de la masacre.

–Todos cayeron, el maestro estará complacido, el ejército está acabado, los guerreros de élite destruidos. ¿Qué hay del official que escapó?

–El maestro quiere su cabeza, pero debido a las prioridades debemos concentrarnos en la evacuación, ya que saben que estamos aquí no tardarán mucho en enterarse de lo ocurrido para así movilizar al resto de las demás legiones, ellos sí arruinarán los planes del maestro, sobre todo los Ignianos y los ingenieros Áquades, no es conveniente desafiarles aún, la batalla nos agotó, debemos marcharnos cuanto antes.

En ese momento la bola de cristal captó algo. Lo que el soldado oscuro tenía en sus manos era una piedra azul, la piedra que Riddel le obsequiara a Ramsus.

–Por lo menos recuperé el hacha, parece que le destrocé el cráneo, también me encontré esto… pertenecía a ese engreído Terrano; debemos desaparecer al menos en este momento, todo ATIA sabe que existimos y que el maestro está con vida.

– ¿Cómo puedes estar seguro?

–Lo saben porque nos han estado observando –dijo una de las figuras.

En ese momento una de las siluetas fue captada por la pequeña esfera, para sorpresa de los observadores; al acercarla podían ver los rostros de quienes conversaban.

–A ese lo conozco, es el soldado que guió al ejército de Ramsus, ¿Por qué esta ahí? –Dijo Admir, indignado por el rostro reconocido.

–El fiel soldado guía de Terra ayudando a esos seres, traidor, asesino –exclamó Judel.

El otro rostro reconocido llenó de angustia y coraje a quienes lo vieron y recordaron.

–Ese rostro también lo conozco, es ¡Gálamoth! Ese insecto rastrero traidor, también participó en esto –señaló Abdiel.

En ese momento Gálamoth, alguna vez templario de la élite Terrana, se acercó a la esfera diciendo: –"los Cuervos de Acero… han regresado" –y así destruyó la esfera, mostrándose como un traidor y como una nueva amenaza. Todos los maestros hablaban del problema mientras el triste y devastado anciano se encontraba en uno de los balcones del templo. Kayleen se acercó para hacerle compañía.

–"Los Cuervos de Acero"… la vieja guardia templaria, alguna vez honorables hombres libres y de principios morales admirables al servicio del temple Terrano… ahora convertidos en herejes renegados y asesinos, Gran Guardián… lo siento mucho.

–Mi nieto, mi hijo, Ramsus, tan ejemplar, como muchos a los que arriesgamos, está allá junto a sus amigos Abdiel –respondió con un rostro firme al derramar algunas lágrimas.

–Haré lo posible para enviar a alguien que los traiga.

–Mi nieto merece ser sepultado en su tierra, en Terra, y sus amigos también, ellos fueron muy valientes al ayudarlo; Kayleen, envía un mensaje a la caravana de soldados de élite de los otros reinos guardianes, al amanecer estarán ahí; contacta a la Anjana Alia, ella es quien podría traer a mi nieto de regreso, y quiero que envíen por todos los soldados caídos en ese lugar, Lord Nuster debe dar de su parte también –rogó el anciano.

–Lo haré, si necesita algo no dude en llamarme.

Kayleen se retiró para dejar solo al Guardián. Todo se veía perdido, la noticia se difundió rápidamente, la gran tragedia hizo temblar a todos los reinos de ATIA. Ante un enemigo como ese todos estaban indefensos, los Infernus Ignianos eran los únicos que podían detenerlos, pero están muy lejos aún, hacía de esto una desventaja mayor para los reinos protectores de ATIA. Terra había perdido a su único campeón, el único que pudo encarar al Insurrecto, pero ahora estaba en alguna parte de Doomtany, abatido por las fuerzas de ese ser maligno.

Mientras Kayleen enviaba los mensajes, Danústh se dirigió al anciano:

–Lo siento mucho Byron.

–Nos adelantamos en el ataque, Danústh.

–Rásagarth acaba de contestar el mensaje, nos apoyarán en todo lo necesario, mañana enviarán el triple de sus tropas para evitar que Terra sea atacado.

–Con lo que vimos ahora corremos ese riesgo, no hay nada que lo impida, el Insurrecto está con vida y mi nieto muerto, sin duda no habíamos estado en una crisis como ésta; no desde que cayó Galock hace años; fue cuando Ramsus había nacido y lo trajeron como único sobreviviente, su madre fue valiente, dio su vida para defender a su reino y a su hijo, ahora él ha muerto, le he fallado a su madre pues la tragedia se ha posado sobre nosotros.

–No es cierto… ahora el Redentor lo acogerá en su bendito reino junto a su madre Byron, y nosotros seguiremos nuestro perpetuo camino defendiendo los ideales Atianos.

–No era su turno, no así, Danústh.

–Ya planearemos algo Byron, mientras tanto, esperaremos al gran batallón Rásagardiano para que vayan por los Terranos.

–Bien, Danústh, quedas a cargo por favor.

–Así será Byron, descansa, tu pérdida es la mía, hoy cayeron guerreros entrenados por mí, es como si perdiera a mis hijos, claro que sé lo que sientes, trata de descansar, nosotros nos haremos cargo.

Danústh se retiró dejando solo al anciano. Esa noche jamás sería olvidada por nadie, el día en que el nieto del Gran Guardián de Terra cayó en manos del mal. Doomtany no sólo era un lugar de desolación, ahora la muerte rondaba en esos lugares por culpa del mal.

XIV
LA CORONA DE LA MUERTE

Amaneció en las tierras muertas de Doomtany. En ese lugar inerte el escaso viento dejaba escuchar los gemidos de sufrimiento de alguien: era la joven templaria Tremis quien lloraba de agonía por lo sucedido la noche anterior y por el dolor no sólo de sus heridas mortales sino al recordar la masacre que acabó con sus amigos. El llanto despertó a Ramsus de su profundo y doloroso sueño; yacía colgado de una rama adherida al peñasco en la parte baja de una colina.

–Tremis… Tremis –clamaba el agonizante Ramsus–. Tenía la parte izquierda del cráneo lastimada, una gran cortada atravesaba su ojo izquierdo inutilizándolo; el golpe recibido fue tan fuerte que aún estaba aturdido y le era difícil recuperar el control de sus reflejos, eso sin olvidar las diversas lesiones que lo martirizaban.

Guiado por el llanto de su amiga, intentó escalar un poco para subir a la cima, sin fuerza alguna, no había mucho que escalar, agotado y agonizante, no había mucho que podía hacer.

–Tremis… Tremis –balbuceaba Ramsus con cada paso que daba, acercándose cada vez más a la cima, pero antes de exhalar su último respiro, el joven herido dio un paso en falso que lo hizo caer al vacío, entre gritos de dolor y desesperación Ramsus cayó chocando entre rocas y ramas secas, deslizándose en pendientes verticales, haciendo de la caída un lento y agonizante viaje al vacío.

Finalmente Ramsus había descendido de una altura considerable, al recuperarse de los golpes. Débil y desesperado buscó algún camino que lo llevara hasta su amiga.

– ¡Tremis! –Exclamaba impotente, rascando la inmensa pared que le hacía apreciar la larga caída del descenso–. Al voltear a su alrededor podía observar que en ese inmenso cilindro de rocas en el que aparentemente se encontraba encerrado, sobresalía un camino que conducía al inmenso desierto, pero no se arriesgaría a morir por el calor abrasador, debía llegar a Tremis por el único camino que lo había conducido hasta donde se encontraba; no sería nada fácil, su estado era crítico, lo único que lo movía era la ansiedad de prestar auxilio a ella y a alguno de los Terranos que probablemente estuviera aún vivo, pero al estar gravemente herido y cansado Ramsus estalló en llanto al no poder hacer algo por salir de ahí pues su cuerpo no respondía, poco a poco perdía el conocimiento, ni la decisión de seguir en pie eran suficientes para levantar tan decadente y flagelado cuerpo.

En un parpadeo transcurrió el tiempo y comenzó el atardecer. Ramsus despertó después de un desgarrador momento, estaba paralizado, era como si estuviera muerto con los ojos abiertos, pero aún respiraba, su agonía parecía haberlo vuelto loco, hablaba solo, tal vez recordando a sus amigos, los buenos y malos momentos, pero de pronto volvió en sí. Consciente de nuevo, volvió a observar los alrededores y de pronto escuchó voces que lo hicieron asomarse desde unas rocas para descubrir de dónde venían por lo que se arrastró para llegar ahí y averiguarlo; el Terrano miró estupefacto a los dueños de esas voces: eran cuatro de los soldados que había enfrentado la noche anterior, regresaron, buscaban su premio, ahí pudo notar un rostro que le resultaba familiar.

–Cabo Gálamoth, gracias a nuestra participación, los pueblos refujiados aquí están a salvo, el resto de Reclamadores los escolta fuera de aquí.

–Buenas noticias, pero ¿Qué hay del Terrano? Debo saberlo.

–Aún no lo encontramos, hacemos todo lo que podemos, creemos que debe estar por aquí en alguna parte –reportó uno de los soldados.

–Debe estarlo, mi incompetencia retrasó la obtención de la cabeza del Terrano, búsquenlo bien, quiero cercenarla yo mismo.

–No te preocupes compañero…

–Esto no es algo que disfrute, pero son ellos o nosotros…

–Lo que sea necesario Cabo.

–Por cierto… ¿Recuperaron las cabezas de quienes lo acompañaban?

–Después de que mataste al Templario con el hacha, fuimos por ellas, todos están más que muertos, ahora fueron reclamados –el comentario del soldado hizo estallar de ira a Ramsus–. Todos estaban muertos. Runah, Anumho, Maudy y Tremis eran ahora trofeos de esos malignos y tramposos enemigos; Ramsus quiso levantarse para pelear contra ellos, pero había ciertos detalles que lo impedían, fracturas, heridas profundas, cansancio y deshidratación además de que veía limitadamente con un solo un ojo, estaba débil y hambriento. Para empeorar el momento, también estaba desarmado, no era ni la cuarta parte del guerrero que los había enfrentado el día anterior. Sabía que si era descubierto no tendría fuerzas para defenderse o huir, de hacerlo sólo se entregaría para facilitar y terminar las intenciones del enemigo, no debía darles lo que con tanto trabajo buscaban, así que se quedó quieto, atrincherado en esa pared inestable de rocas hasta que sus enemigos se retiraran de ahí.

Después de esperar durante horas, cayó la noche. En ese momento hizo su aparición uno de los Cuervos de Acero responsables de la noche anterior, al lado de un numeroso grupo de soldados que salieron entre la oscuridad, regresaban de su búsqueda para reunirse todos ahí con su líder.

–Buscamos por todas partes, pero no lo encontramos, a menos, claro, que no haya muerto –dijo uno de los soldados.

–Nadie sobrevive a este desierto Interceptor, si no está muerto no importa, recibí nuevas órdenes, eso ahora me tiene sin cuidado, con las cabezas de los oficiales y el ejército que lo acompañaban basta, me satisface el hecho de que logramos detener a una masa completa de serviles al imperio Rásagardiano.

–Fue algo cansado y difícil… moralmente.

–Entiendo Cabo Gálamoth, creciste con muchos de ellos, pero sus pasos andaban por caminos distintos a los nuestros, venían tras nosotros y no se detendrían, esta fue la única manera, la expansion Rásagardiana es insaciable, hoy hicimos algo muy grande, no solo contra ellos, sino para la gente que protegemos, hemos traído esperaza, es todo por hoy, marchemos a casa.

Junto a sus bien armados grupos de soldados, el líder se retiró sin saber que a quien buscaban con tanto ahínco estaba muy cerca de ellos. Ramsus dio un respiro de tranquilidad pero a la vez se sintió deshecho por lo ocurrido, aunque por creer hacer lo correcto se sentía como un cobarde; jamás se había sentido débil, indefenso, incluso nunca estaría dispuesto a esconderse del enemigo, eso sería contra las reglas del temple en Terra. El soldado templario vive o muere luchando contra el mal, pero el motivo por el cual violaría esa ley sería para no dar gusto a ese ser desagradable y al grupo de fieros cobardes que le seguían, era su nueva razón de vivir, una oportunidad de enmendar su error, sabía muy bien que en su estado no llegaría muy lejos por lo que prefirió mantenerse oculto para recuperar fuerzas; esa noche debía permanecer en la oscuridad. Aunque se trataba de una peligrosa herramienta que usaron en su contra, la noche sería su aliada para ocultarse del enemigo.

Al día siguiente, Ramsus se levantó luego de sentir un intenso frío que lo azotó durante la noche, debía atenderse de inmediato o sus heridas se infectarían. Al levantarse del lugar de descanso, el guerrero observó algo que brillaba desde las afueras del fresco valle de rocas en donde se encontraba; al salir se dio cuenta de que el brillo que observaba era de un objeto que le devolvió la esperanza de vivir, se trataba de una espada, una Claymore que yacía enterrada a la mitad del suelo, Ramsus miró al cielo e hizo una reverencia al descubrir que se trataba de la espada de Tremis, al parecer había caído ahí durante la batalla. De pronto, como si se tratase de un milagro, Ramsus vio dos bolsos de carga y alforjas de cuero, los mismos que llevaban los caballos de sus soldados, en ellos había comida, vendajes y medicinas para sanar sus heridas, era como una nueva oportunidad que el Redentor ofrecía para seguir luchando contra sus enemigos. Comenzó a recoger todo lo que le podría ser útil, debía tratar sus heridas, aún sangraba, incluso del abdomen, la pierna izquierda tenía una perforación profunda, su rostro y cabeza estaban muy dañados. Ramsus buscó entre las bolsas todo lo que podía servirle, ahí encontró con que atenderse, con vendajes y un poco de agua pronto estaría bien.

Mientras trataba la lesión más difícil, su abdomen, Ramsus recordaba con tristeza los últimos momentos que pasó con Tremis y sus amigos; al rememorar, las lágrimas de su ojo derecho recorrían parte de su rostro; después de tratar y vendar casi toda lesión o marca de guerra, limpió con mucho dolor la parte izquierda de su rostro, le había quedado una gran marca, una gran cortada que le atravesaba el ojo izquierdo y parte de la mejilla, el vendaje cubrió casi todo su rostro, ahí la herida era muy profunda, podría infectarse si no se mantenía limpia. Mientras trataba sus últimas lesiones recordó "Súper-arma Celestial, es una leyenda, esa historia no es real", "¿Por qué dijiste eso Tremis?"

En ese momento Ramsus miró al frente desde un acantilado y observó una serie de cadenas montañosas, formadas en círculo, como la palma de una mano abierta cuyos dedos se levantaban a lo alto del cielo– la "Corona de la Muerte" lugar donde se encuentra la súper-arma Celestial, este lugar existe... el arma debe existir... –susurró Ramsus mientras observaba con gran emoción las ocho montañas. Se encontraba entre acantilados, desde ahí podía ver las grandes extensiones de desierto que tendría que recorrer, era un suicidio si lo hacía, pero entre esa cadena montañosa había un inmenso puente natural de rocas que conducía al lugar en donde se decía pudiera haber algo ahí, la única entrada era por ese puente que se levantaba en lo alto de ese lugar, donde más allá de sus bordes de lado a lado había un abismo a la perdición y al olvido.

Ramsus estaba perdido, solo, destrozado pero aún vivo, motivado por la curiosidad e impulsado por una sed de venganza que recorría todo su cuerpo, ahora tenía un camino por seguir, una oportunidad que debía arriesgar, sólo tenía que seguir adelante, por lo menos estaría a salvo abriéndose paso por los acantilados hasta llegar a una de las enormes montañas. Era muy peligroso intentar cruzar el desierto, aún más en las condiciones en las que él se encontraba.

La decisión fue difícil, sabía que no conocía el camino ni el resto de las leyendas acerca de ese lugar pero no tenía otra opción: seguir adelante. Todo lo que dejaría atrás sería el dolor y tristeza. Por ahora el odio y la agonía eran los que acompañaban al Terrano, dos amargos acompañantes que le motivarían a seguir adelante, Movido por su rabia, Ramsus debía reunir todas sus fuerzas y encarar su destino, no había nada que perder, pues ya había sucumbido ante la pérdida de todo, pero no estaba muerto. Este fue el peor error que habrían cometido los enviados del Insurrecto.

Continuará...

Made in the USA
Middletown, DE
08 January 2023